*En miljövänlig bok!*
*Papperet i denna bok är tillverkat*
*av helt mekanisk trämassa – utan*
*tillsats av klor och kemisk massa*
*eller andra miljöfarliga ämnen.*

# Erlend Loe
# Blåst

*Översättning: Lars Nygren*

MånPocket

*Omslag av John Eyre*
*Norska originalets titel:*
*Tatt av kvinnen*

*Översättning av Lars Nygren*

www.manpocket.com

*Denna MånPocket är utgiven enligt överenskommelse med Albert Bonniers Förlag AB, Stockholm*

*Tryckt i Danmark hos*
*Nørhaven Paperback A/S 2002*

ISBN 91-7643-859-7

# Första delen

1) Det var på den tiden då hon började komma oftare. På kvällen, just innan jag skulle lägga mig. Hon satte sig ned och pratade. Alltid om hur förtjust hon är i tystnad, om hur härligt det är att bara vara ensam. Pratade och blev aldrig färdig. Det hände att jag somnade, försvann korta ögonblick, men hon märkte det inte. Jag vaknade, varje gång med ett litet ryck, ibland med ett ljud från strupen.

När jag samlat mig upptäckte jag att hon fortfarande pratade. Om den underbara tystnad två människor kan uppleva tillsammans, om den oändliga uppmärksamhet med vilken en människa kan leva i förhållande till en annan. Harmoni var det hon pratade om. Kommunikation. Men hon pratade så fort. Och jag fick mig sällan till att säga ursäkta, vad var det du sa? Jag satt och nickade stilla, en smula eftertryckligt, till synes intensivt lyssnande. Ja, det är så sant, sa jag och vaggade tungt med huvudet, himmel och pannkaka, ja naturligtvis. Och jag såg på henne, på hennes ben, på läpparna. Mycket vackra, läpparna. Och jag visste exakt när hon skulle söka min blick för att möta mig på ett annat ställe än bara i ordströmmen. Då var jag där med blicken, lite före henne, på plats. Liksom väntande. Långa intervaller hade hon mellan varje gång hon behövde mina ögon för att komma vidare. Jag lärde mig de intervallerna. Behövde kanske fem kvällar till det. Nåja, jag är inte den som räknar.

2) En kväll kom hon senare än vanligt. Jag hade lagt mig. Snabbt drog jag på mig de första kalsingar jag hittade. De visade sig vara de mest förrädiska av alla mina kalsonger. Nästan utan resår runt låren, i praktiken nästan en kjol. Jag fick hela tiden passa mig noga, sitta i bestämda ställningar, inte plötsligt fara upp. Jag ansåg det ändå vara ännu mer olämpligt att ta på mig långbyxor. Det skulle hon nämligen tolka som en signal att hon kunde stanna, att jag inte alls hade tänkt sova och att också min natt var utan begränsningar eller slut.

Det slog mig hur riktigt mitt beslut var, och jag insåg i samma ögonblick att skillnaden mellan en människa i kalsonger och en i långbyxor är enorm, närmast oöverskådlig. Med långbyxor är man rustad för vad som helst. Ingen handling är otänkbar. I kalsonger däremot, är man fri. Det skulle till exempel vara svårt att föreslå en man i bara kalsongerna att gå en promenad mitt i natten, något som annars inte alls skulle ha överraskat mig från hennes sida.

Hon satte sig i den gamla vanliga stolen, alltid samma. Närmast askfatet. Först sa hon som vanligt att hon tyckte så mycket om tystnad, den betydde så mycket för henne, antagligen åtskilligt mer än jag kunde förstå. Jag nickade. Därefter började hon prata om sin pappa. De hade ett så dåligt förhållande, de bägge, sa hon, och hon berättade vad fadern hade gjort och sagt och inte gjort och sagt under stora delar av hennes uppväxt. Jag måtte ha fallit i sömn, (det är alltid så svårt för mig mellan två och tre på natten), för jag kommer ihåg att jag vaknade tvärt och fick med mig en särskilt avgörande episod i hennes barndom. Hon hade kommit till kärnan.

Det hon berättade chockerade mig, och, glad att äntligen kunna ge henne respons, sa jag att det var det värsta jag nånsin hört och jag rådde henne att ta upp det med sin pappa omedelbart. Ge igen, helt enkelt. Herregud! Hon var ju en vuxen kvinna, sa jag, hon behövde göra upp med den mannen som var hennes pappa. Jag tyckte hon borde kontakta honom omedelbart, jo absolut, kanske redan nästa dag. Vad var det hon väntade på?

Därefter såg vi länge på varandra. Jag hade talat, engagerat mig i henne. Det gick inte att komma ifrån. Jag funderade på om hon tyckte att jag varit uppmärksam.

3) Nästa dag på jobbet blev jag uppringd av en herr Slind-Hanssen. Och vad kan jag stå till tjänst med, frågade jag. Här är det jag som talar, sa han. Jag sa att jag mycket väl kunde höra att han talade. Och plötsligt, just lite för sent, förstod jag att det var hennes pappa. Han var förbannad. Jag tvingades hålla luren långt från örat. Han sa att Marianne (för det var det hon hette) hade

sökt upp honom tidigt på morgonen. Hon hade skällt ut honom efter noter och kastat hans frukost i golvet (det löskokta ägget, kaffekoppen, krusbärsmarmeladen) och hon hade berättat att hon äntligen träffat en man (mig) som förstod henne och hade väckt henne.

Hon hade låtit honom förstå att hon aldrig ville se honom igen. Därefter hade hon slagit på och av ljuset i taket så många gånger att glödlampan gick, medan hon hela tiden skrek att han hade gjort hennes barndom till en ökenvandring, att han hade förstört allt för henne, att han var skuld till allt, allt, skuld, skuld, skuld, bara hans, allt.

Jag försökte uppmuntra den stackars mannen med att säga att hon trots allt inte hade sagt att hon hatade honom, att alla har en urladdning någon gång, det blir nog bra igen, och trodde inte han också det? Men nej. Det trodde han inte. Och han tyckte att jag skulle passa mig. Det sa han flera gånger (jag tycker ni ska passa er lite, oförskämda människa). Och han tordes inte tänka på vad en förstörd människa som jag kunde få för sig att göra med hans (enda) dotter. Han sa att han kunde höra på min röst att jag skulle bli hans dotters baneman.

Allvaret i situationen gick småningom upp för mig och jag försökte förklara att jag inte alls hade uppmanat Marianne att bryta med honom, inte alls, sa jag, det var aldrig min mening. Han avbröt mig och sa med darrande stämma att om han någon gång träffade mig skulle jag inte negligera risken att han skulle slå mig hårt i ansiktet.

4) Och Marianne fortsatte att komma. Om möjligt med ännu större iver än förut. Hon började ta med små saker till mig. Apelsinte, en gurka en kväll, ibland plastpåsar fulla med choklad som hon fått av en väninna med diabetes och deltidsjobb på Nidar-Bergene. Ja, hon jobbar bara deltid, förklarade Marianne, och det framgick tydligt att jag skulle fråga varför hon nu bara gjorde det. Jodå, denna Nidar-Bergene var ensamstående mamma och dessutom tyckte hon det var svårt att gå upp på morgonen, förklarade Marianne. Och så skrattade hon sitt lite tvära skratt och himlade med ögonen så att vi bägge skulle tänka på hur svårt det är att gå upp tidigt, och vara överens om det. Jag nickade och himlade med ögonen. Himlade eftertryckligt.

Men jag kom inte över min trötthet på nätterna.

5) En kväll ville hon kyssa mig. Hon måtte ha tyckt att det passade bra. Jag såg tydligt att hon drog in andan och samlade de bävande läpparna. Böjde sig fram. Vill du ha apelsinte, frågade jag (jag har honung). Åh, har du honung, sa hon sakta.

6) Vi gick på bio. En förfärlig film som nästan gjorde mig förkrossad. Vår hjälte hoppade ut från ett fjäll på slutet. Jag grät och ville hem. Vi gick på café. Marianne ville att vi skulle dricka lite öl och röka och prata om filmen. Det tog henne två stora starköl att förklara för mig hur glad den hade gjort henne. Och särskilt hade hon gillat slutet. Hon ansåg bestämt att vår man hade fått vingar och flugit, och hon vägrade på det bestäm-

daste att ens överväga möjligheten att han kanske dog där vid foten av fjället. Nej, han hade flugit upp mot himlen för att tacka människorna för livet. Hör nu här, sa jag, vi såg ju att mannen hoppade, han försvann, Marianne, han hoppade i döden. Först lite nedåt, ja, sa hon, men sen flög han upp. Hur kunde hon veta det? (filmen slutade ju där, för helvete). Men jo, för tänk, hon bara visste det.

7) Jag flackade med blicken för att slippa se på henne. Jag stirrade en stund på askkoppen. Ställningen var 2-2, men egentligen ledde jag, för den första fimpen hade jag kastat ut genom fönstret.

8) Marianne ringde mig på jobbet. Var lätt och glad på rösten. Det var så fint att vi varit överens, sa hon. Jag försökte komma ihåg vad vi hade sagt under natten. Ingenting kom jag ihåg. Men då kommer jag då bara, sa hon. Jag nickade in i telefonluren och sa ja, kom bara, och att det säkert blev bra.

9) Samma kväll kom hon flyttandes. Med tolv medelstora papperskartonger och en gräddgul byrå.

10) Jag började gå till simhallen. Det var det enda förnuftiga jag kunde göra. Lite tid för mig själv. Jag köpte mig ett årskort. Ett fint hålkort av vit plast, och med mitt namn i bleka bokstäver. Gick dit varje dag efter jobbet och strävade efter att utveckla ett positivt förhållande till den märkliga stämningen där nere. Satt i timmar i bastun och läste. Så mager du blir, sa Marianne. Och jag blev mager.

11) Under en hel vecka blev jag förföljd av en äldre man med stor mage och utstickande navel. I duschen, i bastun, i garderoben, under hårtorken, han följde mig överallt. Det var slående. En gång möttes våra blickar, i bastun. Jag var färdig med min bok och tittade upp. Våra ögon möttes genom ångan och det var inte alls en sådan blick som jag hade väntat mig. Lugn, kravlös, nästan förlorad. Jag gick in i duschen. Han hann ikapp mig igen medan jag knöt skosnörena. Vi knöt bägge under tystnad. Omsider sa han något, sa att jag borde köpa simglasögon, och han nämnde snabbt flera tänk-

bara märken. Absolut något att tänka på, sa han, så slapp jag få så röda ögon.

12) Marianne var nästan alltid i lägenheten när jag kom hem. Jag förklarade vad mannen med den utstickande naveln hade sagt. Hon blåste mig lite i håret som ännu var fuktigt och sa att det verkade vara en finfin idé som jag inte borde vänta för länge med att förverkliga. Vi gjorde upp att mötas i stan nästa dag. Hon ville gärna vara med och välja ut simglasögonen, sa hon, och hon skulle se till att jag fick de bästa. Ja, vi får se upp så vi inte låter lura oss av utseendet, sa jag.

13) Jag tog lunch tidigt och gick för att möta Marianne. Har du väntat länge? Hon svarade ja, men att det inte gjorde något, för hon hade ätit en sån väldigt stor och härlig mjukglass. Va! skrek jag, i oktober? Vad då, i oktober? Mjukglass, sa jag. Vad då, mjukglass? För helvete, Marianne, äter du verkligen mjukglass i oktober? Naturligtvis äter jag mjukglass i oktober, sa hon, och för övrigt äter jag det precis när det passar mig. Jag måste säga att jag inte gillar det! for jag ut mot henne. Det finns en tid för allt, Marianne! Och du vet lika bra som jag att oktober inte är säsongen för mjukglass! Det är det väl. Nej, det är det inte! Jo, sa hon. Och jag skrek på nytt, rätt i örat på henne: nej, det är det tamejfan inte! Och det blev alldeles tyst.

Efter en stund sa jag beklagar och att jag hade gjort bort mig. Jag måtte ha fullständigt tappat besinningen. Jag var en idiot. Och mycket ångerfullt: kan du förlåta mig, Marianne? Ja, svarade hon bara.

Vi kramade varandra, och så tog hon min hand och ledde mig bestämt in i butiken.

Nu gäller det, sa jag.

14) De hade nästan en hel vägg med simartiklar, däribland ett tiotal olika glasögontyper. Den överväldigande synen gjorde mig rastlös. Jag sträckte ut armen och fick tag i ett par glasögon av märket Speedo. De var med blanka glas och svart gummi. Jag kände efter, och jo, jag hade fallit för dem. Dessutom stod det Super Goggle på paketet och på baksidan en introduktion under titeln Caring for your goggle. Och vad betyder goggle, frågade jag. Simglasögon, sa Marianne. Bra, då tar jag de här. Nej, det gör du inte alls, sa hon. Lugn nu. Och hon tog ett steg tillbaka och stod tyst en lång stund.

En expedit började cirkla runt oss, diskret. Marianne stirrade på glasögonen medan jag trippade lätt runt henne och sa hör nu här. Plötsligt var expediten där och sa god dag, ja hej själv, sa Marianne. Kanske han kunde hjälpa till? Jag nickade ivrigt och Marianne sa bestämt nej. Vi stod ensamma och stirrade lite igen. De här, sa Marianne till slut. De här och inga andra. Rött gummi och mörkt glas, Champion Goggle, och med ultraviolett skydd. De dyraste. Vad ska jag med så flotta glasögon, sa jag, men Marianne tog mig åt sidan och menade att nu skulle jag minsann få höra, och hade jag köpt mig ett årskort i simhallen eller inte? Och hon ansåg också att jag borde köpa en näsklämma. Närmare bestämt Speedo stainless steel rubber dipped nose clip with elastic band (one size fits all). Det gick en stöt genom mig vid tanken på förnedringen om den ändå inte skulle passa, men Marianne såg på mig och nickade stilla jodå, kom igen nu. Jag betalade 108 kronor.

På vägen ut höll vi om varandra och jag tackade Marianne för att hon sett till att vi inte låtit lura oss.

15) Det blev ofta så att vi satt hemma på kvällarna. Marianne och jag. Det luktade klor om min hud och hon kommenterade det. Ibland kunde hon be mig att gå och ta på mig simglasögonen. Neeej, sa jag och andades generat genom näsan. Jo, kom igen nu, du är så tuff i dem. Men det är så sent, försökte jag. Lägg av, sa hon. Och jag tog på dem. Det tände henne. Hon ville att vi skulle ligga med varandra i soffan. Ge dig, sa jag. Men hon började prata om hur fint det är med kroppar, våra klumpiga kroppar som kan göra det så skönt för oss. Jag såg på hennes läppar, och var noga med att möta hennes blick var gång hon sökte min. Så tillbaka till läpparna. Blekrosa ytterst mot ansiktshuden, djupare röda inöver, och det är väldigt viktigt att arbeta upp ett avspänt förhållande till sin kropp, sa hon. Jag nickade. Och under loppet av nästa mening hade hon tagit av sig alla kläderna (stå inte bara där då, sa hon). Och jag insåg så småningom att hon var härlig, och att hon tyckte jag var härlig och att det kanske inte var mer som skulle till. Se på mig genom simglasögonen, stönade hon. Och jag såg på henne.

16) Marianne köpte en flaska rödvin. Den hade kostat mer än hundra kronor och jag tyckte hon hade varit asflott. Det är inte din sak att tycka, sa hon.

Men vi hittade inte korkskruven. Jag sa att det var konstigt. Vart kunde den ha tagit vägen? Och vi letade länge. Öppnade alla skåpen flera gånger. Sanningen var att jag inte hade någon korkskruv. Jag drack aldrig vin.

Men Marianne kunde en metod (se på, sa hon). Hon klämde fast flaskan mellan låren och slog så hårt hon kunde på bottnen, i gott och väl tio minuter. Vad ska hända? frågade jag. Hon svarade inte. Bad mig bara om att hålla flaskan, så att hon kunde lägga hela sin kraft i slagen. Ingenting hände. Du, sa jag, om du tror att korken kommer att hoppa ut, så tar du fel. Det är inte möjligt, för vinet innehåller inte kolsyra. Men hon trodde det. Hon hade lärt sig metoden av en polack. Klarade han det? undrade jag. Hon drog på svaret. Du har blivit lurad, Marianne.

17) Omsider lyckades vi pressa ner korken med en kulspetspenna. Så där ja, jublade Marianne och klappade i händerna. Jag hämtade glas och vi satte oss i soffan. Vad tycker du? frågade hon efter den första klunken, tydligt spänd. Om vadå? sa jag. Hon pekade irriterat på vinflaskan. Å den..., jättegott. Verkligen mycket speciellt och väldigt väldigt gott. Det skapar liksom en god känsla i munnen och halsen. Naturligtvis är det gott, sa Marianne. Men kände jag inte något mer? Mer? sa jag och ansträngde mig för att känna något mer. Jag tänkte på vad som kan vara bättre än gott,

men fann bara förträffligt och några andra liknande ord. Himmelskt, sa jag efter en kort paus. Ja, sa Marianne, men något ännu mer. Något ännu mer...? Nej, jag visste verkligen inte. Om hon inte kunde säga mig vad det var? Jo, det kunde hon. Och hon förklarade att vi drack ett vin med stor personlighet. Det höll inte att bara säga att det var gott. Det höll bara inte. Varför inte? frågade jag, men hon bad mig att inte avbryta. Vinet var graciöst och yppigt, ansåg hon, det framhävde sig, det stack ut hakan och var absolut inte ett vin av det undvikande och blyga slaget. Marianne var nöjd med sitt vin, förstod jag. Hon smuttade och drog efter andan och sa att det var länge sedan hon druckit ett vin som var så talfört. Och dessutom ganska fräckt. Vi drack ett fräckt vin.

Fräckt, sa jag, och tog en lång slurk, mm, och jag sa att jag minsann trodde hon hade rätt. Det är som om det försöker dölja sin egen hemlighet, fortsatte Marianne, det försvinner snabbt, försöker undandra sig vår dom. Hon hade förresten aldrig känt på maken till feghet hos ett vin från det här distriktet, sa hon, äsch, hon blev alldeles feg i gommen, här! jag skulle bara känna själv (och hon pressade sitt glas mot mina läppar). Jag kände efter ordentligt och sa att hon hade rätt, det var som om vinet ville göra sig mer förgängligt än det redan var.

Hon såg skarpt på mig. Dumbom! sa hon bara.

18) Nästa dag köpte jag en korkskruv. En gammal modell som lika gärna hade kunnat vara min sedan början

av sjuttiotalet. Jag la den innerst i en låda och fann den av en händelse när jag stekte fiskbullar på eftermiddagen. Hallå! ropade jag, se hit! Den måste ha legat här hela tiden. Ja, är det inte sällsamt med saker som försvinner och dyker upp igen, skrattade Marianne. Helt crazy, sa jag.

19) Och vi gjorde en utflykt. Tror du inte att det är lite för sent för att hitta blåbär? undrade jag. Marianne himlade med ögonen. Jag är en entusiastisk bärplockerska, sa hon.

Vi hade ordentliga stövlar med inläggssulor av tidningspapper, byttor och var sin bärplockare. Behöver jag vantar? frågade jag. Så tog vi bussen långt ut i skogen. Marianne viskade till mig att jag inte behövde ha tumvantarna på i bussen. Hon var rädd folk skulle tro att hon var min stödkontakt. Jag tog av mig vantarna och la dem emellan oss på sätet och hon nickade att det var bra. Klappade mig på knät.

20) Jag glömde vantarna på bussen. Fan, fan! sa jag. Det var hennes fel. Hon hade dolt dem under sina lår, och jag var nära att antyda (men flera gånger) att hon gjort det med vilje. Hon avfärdade mig och sa brutalt att hon inte orkade höra mer gnäll. Vi var på blåbärstur och vi skulle plocka blåbär, med eller utan vantar.

Inom loppet av den första timmen såg vi inte skymten av ett endaste bär, men så fann jag en liten svamp. Snyggt! ropade Marianne, och hon ansåg att det var en tegelsopp. Men den är frusen, sa jag. Marianne menade att den nog skulle ta sig om vi tog den med oss in i värmen. Strax därpå fann vi blåbär, frusna de också. Det lät som hagel i byttorna. Jag frös, men trädens färger var fina (Marianne sa att jag åtminstone måste tillstå det). Jodå, det var inget som hindrade mig från att hålla med om det. Och Marianne ville bara gå och gå. Försten uppför backen, ropade hon.

Don't you ever förstén me, sa jag.

21) Vi plockade tills det blev mörkt. Jag sög på frusna blåbär och låtsades som om de var karameller. Marianne, sa jag ivrigt, om du håller min svamp så och slickar på den, ser den lite ut som en glass. Ja, faktiskt, sa Marianne. Till slut tog vi bussen hem.

Jag bad Marianne fråga chauffören om han hade sett till mina vantar. Gör det själv, sa hon, men det var det inte tal om, ansåg jag. Det var ju hennes fel att jag hade glömt dem. Och hon frågade. Kom tillbaka och sa att det inte ingick i chaufförens ansvar att lägga märke till disträä passagerares saker. Va! Var det allt? (arrogant jävel), och jag reste mig för att ge mig på honom. Men Marianne bad mig spänna av. Chauffören hade bett oss se efter på bussbolagets hittegodsmagasin, sa hon. Jag satte mig, bet samman tänderna och nickade tyst.

I morgon dag, svor jag.

22) Vantarna betydde något för mig. Jag hade fått dem av min farfar, en kärnkarl helt igenom. Och nu hade Marianne fått mig att glömma dem.

Jag tänkte att om hon hade haft lite smalare lår, så hade det inte hänt och det sa jag till henne. Hon klädde av sig naken och frågade vad det var för fel på hennes lår. Det visade sig att det inte var något fel på låren och jag var tvungen att ta tillbaka det. Marianne föreslog att jag istället för att vara så sur skulle klä av mig, och det gjorde jag och vi blev två om att vara nakna.

Efteråt klädde jag på mig och stack iväg till bussbolagets hittegodsmagasin.

23) Det gick en tid. Marianne brukade vakna på morgonen och säga att jag var så söt när jag sov. Hon ansåg att jag hade nånting över mig som på en gång var mjukt och beslutsamt. Jaså, sa jag. Och hon drev det så långt som till slutsatsen att jag måste vara förälskad i henne. Hon såg det helt enkelt på mig, hävdade hon.

Jag ryste omärkligt och frågade om det ofta hände att hon låg vaken om natten. Ja, det hände inte så alldeles sällan.

24) Hallå, det är snart vintersolstånd, sa Marianne, och menade att vi borde ha en fest. Därefter skrev hon invitationer: Välkommen till vår fest med anledning av att solen vänder, nästa torsdag kl. 20. Ta med öl/vin. Solen vänder väl inte, sa jag föraktfullt. Gör den väl visst, sa Marianne.

Hon ville bjuda två studiekamrater och väninnan från Nidar-Bergene. Och vem skulle jag bjuda? Jag frågade grannen på andra sidan trapphallen. Han tackade ja, men la till att han skulle delta i en curlingtävling, så han blev möjligen lite försenad. Bara han? undrade Marianne i en bisats under tandborstningen. Ja, sa jag.

25) Tid för en och annan eftertanke. Jag blev sittande, stirrade ut i rummet sedan Marianne lagt sig. Hennes gräddgula byrå passade inte alls i min lägenhet. Jag tänkte också på att det i grund och botten var något förbluffande med att plötsligt ha Marianne här. Det hela var lite märkligt, och en tråkig känsla av tillfällighet grep mig. Jag försökte komma underfund med vad det var för en känsla men kom ingen vart. Men hon var där, och byrån var där och alla hennes kläder och saker hade redan blandat sig med mina. Bra.

Jag bestämde mig för att försöka bli huvudstupa förälskad i henne. Ja. Jag skulle börja med det redan nästa dag. Det kunde knappast ta så lång tid.

26) Din byrå passar inte riktigt, sa jag nästa morgon. Hon hörde det inte, så jag sa det en gång till. Du, sa jag, din gräddgula byrå passar inte riktigt i mitt rum. Tycker du inte? sa hon. Nej, sa jag. Kanske vi kan köpa en som är större, menade Marianne, men jag förklarade att det inte var storleken som plågade mig, utan färgen.

Hon å sin sida, tyckte färgen var underbar. Det var snarare väggarna, ja, och de andra möblerna som inte passade. Jag förstod hur landet låg och jag bad henne vara förberedd på att jag skulle måla om hennes byrå (Marianne, jag kommer att måla din byrå). Hon sa nej, att hon över huvud taget inte var förberedd på det. Det kom inte på fråga. Och hon undrade om jag inte hellre kunde måla någon av mina egna saker.

Jo, naturligtvis kan jag det, sa jag och gick.

27) Jag gick till simhallen. Gick orimligt fort, och det irriterade mig gränslöst att jag hade låtit henne tro att jag godtog att diskussionen handlade om huruvida jag hade lust att måla nånting eller inte. Nu stod hon där i lägenheten och kände att hon hade vunnit (fan, hon var säkert i färd med att steka sig ett ägg) eftersom vi hade slutat med att säga att bara jag fick måla något så var allt bra. Hon trodde väl för helvete inte att jag hade vaknat denna morgon och haft en desperat lust att måla ett eller annat. Och det irriterade mig lika mycket att jag fortfarande drog mig undan då diskussionerna kom till en vändpunkt. Hårfint för tidigt varje gång.

28) Nej, naturligtvis kan jag inte det, för helvete! Se där ett svar som hette duga, tänkte jag. Och jag upprepade den ovänliga meningen flera gånger. Det var det jag skulle ha svarat henne rätt upp i ansiktet. Utan att skämmas. Nästa gång skulle hon få höra, jag skulle inte bespara henne något.

Jag anlände till simhallen med början till ett leende på läpparna och viftade med årskortet för höga vederbörande. Simmade en kilometer.

29) Mannen med den utstickande naveln kom i samtal med mig. Jag ser att du har köpt de bästa, sa han och

gjorde en gest i riktning mot mina simglasögon. Jag nickade och förklarade att jag var ganska nöjd med dem, men att de inte desto mindre tog in vatten på det vänstra ögat. Han blev upprörd. Säger du det, sa han. Ja, sa jag. Han menade att jag borde låta honom fixa det (jag kunde bara spänna av, han hade fixat hundratals simglasögon). Han fick dem, och gav sig till att dra i plaststroppen som höll samman glasen. Jag tittade på hans utstickande navel, nervöst, för att slippa delta i operationen. Jag skulle just gå bort och duscha när jag hörde ett svagt ljud av bristande plast. Helvete, sa han tyst, och plötsligt ansåg han att mina glasögon bara var skit.

30) Vi klädde oss medan han upprepade gånger försäkrade mig att det inte fanns någon anledning att vara bekymrad. Han skulle strax köpa nya glasögon åt mig. Ja, det var faktiskt det första han skulle göra. Vi fick inte låta detta komma emellan oss, menade han.

31) Vi gick i hårt tempo tillsammans mot sportaffären som för en tid sedan hade sålt glasögonen till mig. Glenn (för det var det han hette) höll hela tiden glasögonen i höger hand, och han stirrade vemodigt på dem med ojämna mellanrum. Han skakade på huvudet, förtörnad över världens ondska och otillräckligheten redan hos de enklaste föremål. Och jag började just ana det lite skumma i att han utan vidare utgick från att jag var lika indignerad som han. Han gick med fasta steg, detta var vi överens om. Och män bägge två.

32) En gång stannade han till utanför en bank. Nåja, sa han, och vad skulle jag förresten ha haft skyddet mot ultraviolett strålning till (när det kom till kritan). Just det, sa jag (bra poäng). Och han lät det skina igenom helt tydligt att det inte var tal om att köpa samma typ av glasögon den här gången.

33) Glenn gick rätt bort till disken. God dag. Ja, nu var det väl hans tur.

Vi tycker inte om de här simglasögonen, sa Glenn. Vi tycker inte om dem alls. Och expediten skulle ha klart för sig att den senaste kvarten i Glenns liv hade gått åt till att inte tycka om dem och han hade tyckt mindre och mindre om dem och just nu tyckte han inte om dem (som sagt) alls. Vad är det för fel på glasögonen? frågade expediten uppriktigt intresserad, men med en lite trumpen röst, en röst som inte räckte till, inte ens för eget bruk (och som senare fick Glenn att hävda att mannen måtte vara bög). Med denna röst frågade han alltså vad det var för fel på mina simglasögon (som han för övrigt säkert trodde var Glenns).

De är för dåliga, sa Glenn.

34) Man får inte använda våld. Det var det hela. Gärna justera avståndet mellan glasögonglasen (ja, bevars) men inte med våld. Med vad då? undrade Glenn.

35) Med fast blick bad Glenn att få pengarna tillbaka, men expediten sa att det var det inte tal om. Det är det väl, sa Glenn. Nej, det är det inte tal om. Men vi talar

ju om det, sa Glenn (och håvade in en inte så liten lingvistisk seger), och jag kände att jag hade börjat tycka om honom.

36) Men pengarna fick vi ändå inte tillbaka. Och hur vet vi förresten att ni har köpt glasögonen hos oss? frågade expediten, mycket nöjd med sin vinkling av problemet.

Glenn gav sig. Han köpte nya simglasögon till mig. Fina och gula, och med ett litet etui att ha dem i. Då är vi kvitt, sa han och klappade mig på axeln. Jag tackade och sa att jag inte skulle hysa agg mot honom efter detta. Inte alls. Det vore för tokigt att bli ovänner för en dylik bagatell. Ovänner? frågade Glenn.

37) Marianne och jag tillbringade en hel dag i sängen.

38) Vi låg med varandra nio gånger och ingen sa något om den gräddgula byrån.

Jisses, jag håller på att bli huvudstupa förälskad (som om jag påverkas av ett slags kosmisk kraft, kärlek till nästan) det är visst bara att ge sig hän, sa jag flera gånger till mig själv. Nästa dag steg vi upp och Marianne föreslog mig att jag skulle invitera Glenn till solfesten. Hon tyckte han verkade så söt. Jag undrade om han kanske var lite för gammal för att passa in, men det kom vi underfund med att han inte var. Nej, för vad är egentligen ålder? sa Marianne.

39) Vad vill du dricka? frågade Marianne. Jag förstod inte att frågan gällde festen så jag bad om att få slippa dricka nånting alls. Tack, jag var inte törstig. Men när jag lite senare förstod, sa jag att julöl och rödvin låter bra. Inte glögg, sa Marianne. Varför inte? sa jag. Nej, jag missförstod, hon hade undrat om jag inte var sugen

på glögg. Jo, kanske det, sa jag, och så förklarade jag för henne att jag hade missförstått därför att hon inte hade gått upp i tonfallet på "glögg", och att det på norska (och flera andra språk) var mycket vanligt att göra så i en frågande sats. Men jag sa också (väl att märka) att sådana missförstånd bara är charmerande och att det på sikt säkert bara kommer att föra oss närmare varandra.

40) Jag försökte lära mig Åkken Bom på gitarr. Glenn hade ringt och frågat om vi kunde sjunga den tillsammans på festen. Bra idé. Småningom lärde jag mig den såpass att den satt för hemmabruk. Jag spelade den flera gånger för Marianne och hon nickade. Telefonen ringde igen och Glenn undrade om vi hade tagit oss vatten över huvudet. Tror du det? sa jag. Han visste inte riktigt. Det kommer ju inte så många människor, försökte jag. Nej, men ändå. Han tyckte jag tog för lätt på det. Jag skulle inte tro att det bara var bara. Jag försökte lugna ner honom, och vi enades till slut om att jag skulle sjunga verserna ensam (verserna är värst, sa han) och att han skulle komma med varje gång jag kom till ... och han spelar på en träslev, en träslev, en träslev.

Överenskommet, sa Glenn.

41) Tio minuter senare ringde han ännu en gång för att fråga om han kunde ta med sin fru på festen. Jag sa att jag inte visste att han var gift, och det var han medveten om, sa han, men var det i sin ordning eller

var det inte? Naturligtvis var det i sin ordning och jag sa att välkomna skulle de vara. Att det säkert blir trevligt.

42) Jag tog på mig en vit skjorta och ville vara fin. Vi dukade för åtta personer och var överens om att skippa placeringskort. Folk får väl sitta hur de vill, sa vi. Och Marianne sa att hon gladde sig så.

Jag lagade grönsakssoppa i en stor gryta. Marianne trodde inte att det skulle räcka. Olivolja (och dessutom kan du ta en tesked varenda dag), fyra stora paprikor, sellerirot, morötter, massvis med sojabönor (din väninna från Nidar-Bergene äter ju inte kött), kålrot och dessutom två kilo ris (plus nybakat bröd), herregud, Marianne, det är mer än nog. Nåja, hon var nu inte så säker.

Vi tände ljus och försökte låta oss fångas av det lugn som ofta sänker sig vid lukten av stearin. Jag satte mig vid bordet och stirrade länge på henne utan att hon var på det klara med det. Inte vacker precis, men stilig. Något med läpparna, det rödaktiga håret. Nånting med gången också, lätt vaggande, nästan gungande. Jag trodde att förälskelsen nu var just runt hörnet, att den blev mer och mer oundviklig.

Får jag en kyss innan gästerna kommer? frågade hon. Ja, det skulle då inte bero på mig.

43) Först kom Mariannes studiekamrater (välkomna, välkomna). Den ene (Bent) tackade vackert för invitationen, tog försiktigt av sig rocken, drack små klunkar

ur en medhavd vinflaska och sa flera gånger (för att vara säker på att ingen missade det) att han gav då fan i att ljuset skulle vända, men att han inte kunde motstå att gå på fest med goda vänner. Marianne förklarade att Bent höll på med termisk forskning och jag sa att det gladde mig att höra. Och du ser ut som om du har en kristen livssyn, sa jag vänligt till den andre studenten (Runar). Ja, han hade det.

44) Vi satte oss i vardagsrummet alla fyra och hade genast ganska trevligt. Och vad sysslar du med då, Runar?

Jag ligger vid universitetet, sa han. Och det kom fram att han läste någonting teologiskt och att det var fint och spännande. Han behövde inget annat. Saknade ingenting. Och han började så smått lägga ut texten om vad som fascinerade honom med Kristusfiguren och genast kom vi att prata om tro. I det långa loppet är det mycket svårare att inte tro än att tro hävdade han. Ja, men på kort sikt? (Mariannes fråga blev i allmänt samförstånd ignorerad). Hon frågade istället om Runar ville ha apelsinte, (vi har honung). Ja tack, om ni har honung, nickade Runar. Men, alltså för att ta det här med Jesus, fortsatte han och beskrev den stämning som enligt honom måste ha lagt sig som en svepning över landskapet i det ögonblick Jesus stod upp från graven. Förstod vi verkligen inte vad det innebar? För människorna! för oss här i detta rum! varenda dag och timme! (här blev Runar intensiv och ville se oss alla i ögonen). Men Bent hade hört det förr, han lyfte omärkligt ögonbrynen och gjorde små runkrörelser med handen. Konstigt att de andra inte kommer, sa Marianne.

45) Men vad sysslar du med? sa Bent och såg på mig. Jag? sa jag. Ja. Och jag berättade att jag gick mycket till simhallen och att jag annars tyckte mycket om att läsa, och så pekade jag försiktigt på Marianne (som på sin sida var upptagen av ett annat samtal) och lät honom förstå att hon tog en del tid (och att det självklart bara var trevligt). Jag kom småningom fram till att jag hade nog att göra och jag tecknade en bild av mig själv som glad och aktiv, på många sätt en idrottskille. Men i vardagslag? frågade Bent. Ja, till vardags, och jag kände att jag hade föga lust att prata om det. Jag föreslog att han skulle gissa. Om jag jobbade i skolan? I vägväsendet? Psykiatrin kanske. Nåt med fisk? Nej, han visste inte. Jag sa att jag möjligen skulle berätta det senare.

46) Det ringde på. Marianne öppnade och in kom Nidar-Bergene. Väninnorna kramade om varandra och Nidar-Bergene sa högt att hon var så spänd på att träffa mig (efter att ha hört så mycket?). Hon hade med en liten gåva till mig och jag började ana oråd. Hon sa att jag måste packa upp den, att det var nånting som jag verkligen behövde. Bent hade satt sig upp i soffan när Nidar-Bergene började fylla rummet, och jag kunde se att han skulle komma att säga något fint om min present oavsett vad det skulle vara. Bort med det mör-

ka pappret, genom ett lager med grönt silkespapper (jag ryste) och innerst: en sten.

Å, en sån jättefin sten, sa Bent.

47) Men det var ingen vanlig sten, utan en bergkristall. Nidar-Bergene hade tillbringat lång tid i affären för att finna en som passade just för mig. Bland flera hundra stenar var just denna min. Hon hade inte varit i tvivelsmål, nej, inte alls. Och hon beskrev med stor fyndighet hur denna särskilda kristall på något sätt hade kommunicerat med henne och hur hennes uppgift hade varit att göra sig mottaglig för dess signaler. Bent var imponerad och Marianne undrade vad kristallen kunde användas till och det visade sig att den var ytterst användbar, faktiskt kunde man använda den till nästan allting. Till exempel? frågade jag.

48) Med den här kunde jag öppna min energiström, förklarade Nidar-Bergene, den stimulerade chakras (jag gjorde en frågande gest som förblev obesvarad) och gjorde mig istånd till att öppna mig mot mig själv. Jag kunde meditera med den och känna hur livsströmmen i mig pulserade och jag skulle bli i stånd till att göra mig av med det mörka i mitt omedvetna (jodå, vi har alla något mörkt i oss som vi måste jobba med). Den skulle också få mig att inse att min kropp (och allt annat levande) är en helhet, och skadar man en del, skadar man alla de andra också. Bent sa jisses igen och undrade om inte Nidar-Bergene kunde visa oss vad kristallen var bra till (en demonstration, en övning,

han visste inte, bara någonting av allt det märkliga hon just hade beskrivit). Nidar-Bergene såg kärleksfullt på honom och förklarade att det inte var möjligt. Det handlar om krafterna som vi har inom oss förstår du, Bent. Vi gör inte konster med vår energi. Energin bara är där. Vi kan använda den, eller vi kan ignorera den hela livet, men det är ingen mening med att leka med den. Sa Nidar-Bergene. Och hon frågade om Bent förstod och han nickade försiktigt.

Jag tittade bort mot Marianne och såg att hon var mycket nöjd å mina vägnar. Jag hade fått en gåva som kanske skulle göra mig till en bättre människa, och hon skulle ha fördel av det. Hon log och jag såg att hon hade lust att kyssa mig (för att markera att jag var hennes), men jag såg på henne med en blick som markerade att någon kyss var det inte i närheten av att ens komma på tal.

49) Hejsan! Hejsan! Det var Glenn med fru. Han hade inte kunnat undgå att märka att ytterdörren var olåst, och så hade han tänkt..., (ja, det är bra det, Glenn, och välkomna ska ni vara). Jag har väl inte hälsat på din fru, sa jag. Ja, varsågod, sa Glenn och gick mot punschbålen. Jag är Glenns fru. Jag heter Ruth. Jag tog henne i handen och sa att det gladde mig, och så förklarade jag för henne, utan all brådska, vilka de andra var och vad de hette.

Och borta vid punschbålen vände Glenn sig om mot sällskapet och sa att han helt enkelt hette Glenn.

50) Ruth tog sällskapet med storm och förklarade att hon led så av rinnande näsa. Hon hade för inte så länge sedan upptäckt ett sätt att använda näsdroppar, vilket höll på att revolutionera hela hennes nasala hälsa. Hon visade oss en flaska med näsdroppar och med ens satt vi alla och nickade. Jag nickade också, och som tillägg pressade jag samman läpparna och fick till ett imponerat men samtidigt lågmält bekräftande ljud. Jag räknade med att det kunde bidra till att ge vänskapen en god start.

51) Bent frågade Nidar-Bergene om hon ville ha ett glas rödvin. Ja, hon drack nu vanligen inte... Bent försökte med att när nu hela den globala miljön var i färd med att gå åt helvete, så kunde väl också hon... (hon var på väg att ändra sig), och han gick till ytterligheter: under förutsättning att hon hade varit ensam på en öde ö utan annat med sig än en tunna rödvin, hade hon inte druckit då, kanske? Hon var inte helt säker, jo antagligen. (Där ser du.) Och Bent hällde i stora glas och sa skål då, Nidar-Bergene.

52) Sällskapet var bra igång och jag gick runt och försökte hjälpa upp dystra och dödfödda konversationer. Borta vid punschbålen stod Glenn och Runar. Glenn drack ofta, medan Runar, å sin sida, aldrig hade druckit något med alkohol i. Jag tror på kroppens renhet, sa Runar, och han ansåg att det att dricka sig full kunde liknas vid att ge avkall på det unika hos människan, på sätt och vis som att förpakta bort sig själv.

Men Glenn förstod inte vad i all världen det var Runar pratade om, och han började istället att berätta om sina härliga dagar som värnpliktig i slutet av fyrtiotalet. Tandkräm i öronen, fyllekörning med bombplan, somna aspackad i femton minusgrader och vakna av att kompisarna står över dig och häller isvatten i urinröret genom en tratt (ha, ha, det var tider det).

Runar hukade sig och Glenn skrattade jovialt och bullrande. Jag för min del tog en tur ut i köket för att se till maten.

53) I köket stod Marianne och rörde i grytan. Hon frågade om jag kunde skära bröd och jag skar bröd. Så fint med den där kristallen, sa hon. Tycker du? sa jag, och hon stoppade in en sparris i munnen och nickade. Hon menade att den kanske kunde göra vårt sexliv ännu bättre (och jag kunde ju själv föreställa mig hur härligt vi kunde få det). Jag sa att jag tvivlade på att det kunde bli bättre än det redan var, men hon var säker på att det kunde det (vad visste hon som jag inte visste?).

Apropå det, sa jag, kunde vi inte ligga med varandra där och då? (bara *en* gång), det var ju ändå ingen som skulle komma, menade jag. Nej, det kunde vi inte. Vi måste få färdigt maten, och dessutom skulle Marianne på toa. Men hur skulle det vara lite senare nångång när det passar? Ja, det kunde ju tänkas.

54) Nidar-Bergene satt och diskuterade kristallterapi med Glenns fru. Ruth hade aldrig hört på maken. Att

det är möjligt! Och hur var det egentligen när det gäller det nasala? Kunde dessa stenar råda bot på sådant? Och Nidar-Bergene rabblade upp bortemot tio fall där kristaller med säkerhet hade kurerat både näsa och hals och i några enskilda fall också tagit bort olika komplex. Du förstår, Ruth, sa Nidar-Bergene, näsdroppar lindrar bara för stunden, de gör ingenting åt det ondas ursprung. Det är där vi måste jobba: vid alla problems källa. Och de två kvinnorna tog varandras händer och släppte inte taget.

55) Glenn och jag gick in i sovrummet för att öva ett par gånger på Åkken Bom. Han var tydligt nervös. Spänn av, Glenn (ja, det är lätt för dig att säga). Jag kunde mina saker men Glenn kom hela tiden in för tidigt på refrängen. Versen är inte färdig förrän du hör att jag sjunger ... och han heter Åkken Bom, sa jag. Jaha, sa Glenn. Alltså, först sjunger jag versen och säger att hans jacka är av knäckebröd av knäckebröd av knäckebröd, och så säger jag att hans jacka är av knäckebröd och till slut säger jag att han heter Åkken Bom, och då kommer refrängen, är du med? Ja, Glenn trodde det.

56) Vi framförde den nästan utan fel och alla tyckte vi varit duktiga. Ruth var rörd till tårar av att se sin man sjunga (du har då aldrig sjungit något särskilt du, Glenn). Och hon var förälskad och dessutom glad att upptäcka något nytt efter mer än trettiofem års samliv. Glenn var själv djupt rörd. Jag klappade honom försik-

tigt på axeln (så försiktigt som en man har lov att klappa en annan man) och sa att vi hade all orsak att vara stolta över oss själva. Glenn tog mig i handen och det rådde inget tvivel om att vi höll på att bli vänner. Marianne ropade att nu var det mat.

57) Välkomna till bords, sa Marianne när alla omsider hade fått sätta sig där de helst ville. Nu var det bara att förse sig (kanske du först Ruth). Det ringde på dörren och min granne (Halfred) stod där ute och var svettig och glad. In med honom, och en ny liten runda med presentationer. Det här är Halfred, sa jag, och Halfred tog alla vackert i hand och sa godkväll och förklarade att han var uppriktigt ledsen för att han kom för sent, men att det nu en gång är så att curlingtävlingar har en pinsam tendens att dra ut på tiden. Det gör ingenting, Halfred, sa jag och visade honom en plats vid bordet. Marianne lät matron sänka sig och gjorde så en gest som fick Ruth att gripa efter sleven och fylla sin soppskål full med soppa.

58) Vi åt och jag skänkte villigt i vin. Skål då allesammans! (Ja, skål!) En förunderligt god soppa, ansåg flera av gästerna (de nickade uppskattande då det blev bekräftat att den innehöll stora mängder olivolja). Ruth åt tre portioner och kände sig fortfarande yngre (ja, det måste hon säga). Studentkamraterna var imponerade av att resultatet kunde bli såpass utan att man använde kött, och Nidar-Bergene bärgade hem en betydande seger när hon berättade att det är mer proteiner

i sojabönor än i kött. Bara Glenn var dämpad i sin hyllning genom att hålla fast vid att bara homosexuella tänker på proteiner.

Men vem är det som vet något om vintersolståndet? frågade Marianne.

59) Det visade sig att ingen hade någon vidare kunskap om vintersolståndet, och efter hand löste samtalen upp sig och de flesta vände sig till någon vid sin sida eller satt helt tysta.

60) Ja, det är väl en del vind på havet, sa Ruth när hon fick höra att Halfred var lots. Ja, det var mycket vind. Om han hade uniform? Ja, fattas bara. Han fördes ut till stora skepp som skulle till hamnar inomskärs. Du vet det är många lömska holmar och skär i den norska skärgården. Ja, Ruth nickade att hon visste. Men hade han lotsjacka? Ja, han hade nog det (mer vin, Ruth? Ja tack), men han använde den inte så ofta. Han tyckte bättre om att gå med ylletröja. Men när det regnar tog han väl på sig jackan? Ja, det gjorde han.

61) Bent tände en cigarett. Han såg ganska obekymrad ut redan tidigare, och krönte det med cigaretten i mun. Aldrig hade någon suttit vid mitt matbord och sett så befriande obekymrad ut. Han drog in röken djupt, höll den inne medan han lyssnade med halvöppna ögon på Nidar-Bergene, och blåste ut den provocerande sakta och var säker på att han aldrig skulle dö (eller iallafall inte på väldigt länge). Nidar-Bergene

kunde inte fatta hur det var möjligt att röka och samtidigt känna sig som en hel människa.

Nej, hel och hel, sa Bent och hällde en liten skvätt vin i hennes glas (ja, det får bli lite det, sa Nidar-Bergene med simmig blick).

62) Marianne kom bort och kysste mig. Hon smakade gott och vi gjorde om det flera gånger. Hon var bekymrad på gästernas vägnar (tänk om det var någon som inte trivdes?). Jag sa att jag trodde de flesta hade det bra. Vi fyllde på punschbålen med sprit, läsk och fruktbitar i lagom storlek och kysstes ännu en gång. Glenn kom bort och undrade om han kunde få ett sugrör (vet du Glenn, det tror jag vi glömde köpa).

Jag smakade på punschen. Den var god och det antes mig att jag skulle komma att dricka flera glas.

63) Nidar-Bergene högg tag i Halfred och frågade hur det egentligen hade gått med curlingtävlingen (ja, och Runar hade alltid undrat vad curling djupast sett handlade om). Lotsväsendets lag hade vunnit tävlingen med god marginal. Vi slog dem, sa Halfred. Han hade själv satt flera goda stenar. Inte för hårt, inte för svagt (det är hemligheten). Och det är ohyggligt lite som ska till för att stenen går en halvmeter för långt eller för kort eller glider åt ena sidan. Nidar-Bergene undrade om inte stenarna var förfärligt tunga. Halfred bara fnös. Han hade det bra när han spelade curling, sa han. Lugnet i den stora ishallen, det skarpa ljuset, ljuden av borstarna mot isen och den djupa koncentrationen han

kände innan han lät stenen glida mot målet. Halfred menade att sporten hade något heligt över sig. Nidar-Bergene sa att hon trodde Halfred var en sensibel man. Ruth kom fram och gav uttryck för sin beundran över att Halfred samtidigt kunde vara lots och habil curlingspelare. Runar sa ingenting.

64) Marianne fyllde mitt glas och jag slog mig ner för att prata med Runar. Han berättade vad som var svårt i hans tillvaro. Varje gång han kom att tänka på något som han aldrig tänkt på tidigare, något helt nytt, något som skulle göra saker och ting annorlunda, så visade det sig efter hand att några andra redan hade beskrivit tanken, ja, att den till och med hade sitt eget namn och att ett flertal människor hade tagit sin doktorsexamen och fått andra fina titlar på just den. Det låter ju rent förbannat, sa jag. Ja, det var förbannat. Det verkar som om det är omöjligt att hitta på något nytt. Och han ansåg att det gällde allt: religionshistoria (bara för att ta hans eget ämne), men egentligen all vetenskap, och inte minst inom litteratur, målarkonst, skulptur. Och han hävdade att det var livsfarligt att vår tid inte hade estetiska åsikter som samlade oss. Konsten och vetenskapen vattnas ur med allt möjligt nonsens och det blir ingenting kvar. Vi blir hela tiden alltmer desperata i jakten på något som säger oss något nytt, något som är ett giltigt uttryck för vår tid istället för att vi bara ligger

och flyter på urgamla idéer. Och han frågade om det var att begära för mycket att han skulle få bara en endaste genial tanke. En som ingen någonsin tänkt. Han ville bara vakna upp en dag och veta att tanken hade kommit till honom, och så skulle han skriva ner den och vara tacksam för resten av livet. Jag tröstade honom och sa att jag tyckte det var en rimlig önskan och att jag var säker på att han nog skulle komma på något en dag.

Tänk om vi bara kunde börja helt och hållet på nytt! (Jag förstod inte vad han menade). Jo, han menade att människorna borde enas om att förgöra allt vetande, alla kunskaper och alla filosofiska idéer, bränna alla tekniska böcker (ja, och annan litteratur), göra oss av med allt och starta på bar backe. Det skulle ha varit något det! Jag frågade om han kanske trodde det var dags att tänka på refrängen.

65) Folk började bli fulla och jag uttryckte mina bekymmer för Marianne. Hon tyckte det bara var roligt och att jag också borde släppa loss. Halfred föreslog att vi skulle gå i samlad trupp på nattklubb och sjunga karaoke. Är det något för en kvinna i min ålder? undrade Ruth. Ja, bevare mig väl. Halfred hade gjort det förut och citerade broschyrer där det stod att det fanns tusentals sånger att välja mellan (något för vars och ens smak) och att den ynkligaste stämma snabbt kunde låta som Frank Sinatra. Jag drack mer punsch och märkte att det inte skulle dröja länge innan jag kunde gå med på vad som helst. Glenn kom bort och sa att Ma-

rianne var en söt flicka (henne borde jag hålla på). Runar tackade för sig och ville gå. Tack för att du kom, sa vi. Jag kunde inte undgå att höra att Bent frågade Nidar-Bergene om hon handlade underkläder på Hennes & Mauritz, och Ruth la plötsligt märke till den gräddgula byrån och gav oss komplimanger för valet av färg (men den kunde kanske ha varit en liten smula större?).

66) Nidar-Bergene ville få mig att prova kristallen. Jag skulle lägga mig på golvet med kristallen på pannan och tänka på ingenting. Jag frågade om det inte var bättre att vänta tills omgivningen var lugnare, men det var det inte (när som helst, sa hon). Om jag kände något? Jag visste inte riktigt, jo kanske lite. Och med ens kom den där känslan av matthet som uppträder när jag blir tillräckligt berusad, och jag föll baklänges genom golvmattan och linoleummattan och blev liggande där och ropade i några sekunder. När jag slog upp ögonen undrade Nidar-Bergene om jag hade varit i kontakt med min astralkropp. Det är inte lätt att säga, sa jag, och jag kände att jag inte borde vänta för länge med att gå på toaletten.

67) Vi tog taxi till centrum. Marianne pussade mig och var nöjd med festen. Hon vecklade in oss i en stor sjal och smygdrack från en flaska julöl. Glenn var ivrig och berättade högröstat vitsar för chauffören (den om mannen som inte hade testiklar och som sökte jobb på posten – han skulle egentligen börja klockan åtta på

morgonen, men behövde inte komma före tio, eftersom han iallafall bara satt och kliade sig på pungen de bägge första timmarna...). Jag skrattade rått och märkte att Marianne tog tydligt avstånd. Chauffören sa att det var den bästa vits han hört på länge och Glenn blev tvungen att skriva ner den åt honom. Nidar-Bergene sa att hon visste precis vilken typ av kristall som passade för en man med Bents temperament.

Vi kom fram till ett eller annat uteställe och köpte öl och jag blev nästan nerslagen på toaletten därför att Bent sa något skit om den sista Terminatorfilmen. Jag köpte en stor stark till och somnade i det ögonblick alla gick för att höra på Ruth och Halfred som skulle ha sina livs ögonblick och sjunga Que Sera Sera i mikrofoner med rumsklang.

68) Hela följande dag gick åt till att ångra att jag hade skrattat så hjärtligt åt Glenns vits. Det gick många timmar utan att Marianne och jag pratade med varandra. Hon måtte ha trott att jag var arg på henne, men det var jag inte. Jag bara ångrade att jag varit så full och vulgär.

Jag satt hela kvällen framför TV:n och lät mig bedrövas.

69) Glenn ringde ett par dagar efter festen och tackade på sina och Ruths vägnar (det hade varit en fantastisk kväll, tyckte han). Och han inviterade oss att komma och se hopptävlingarna i Garmisch-Partenkirchen hemma hos dem på nyårsdagen. Middag skulle vi få också. Jag sa tack och att vi gladde oss redan.

70) Vi spelade Kinaschack. Bägge ville ha de röda kulorna och jag fick ge mig. Det är bra, sa Marianne, du får dem (och så pratar vi inte mer om det). Men jag

började få tråkigt redan innan någon nått mittfältet, (bli en spelkula helt och hållet, tänka och känna sig som en spelkula – då slår jag henne)… Men jag klarade det inte och tappade koncentrationen. Istället började jag prata om festen. Jag frågade om hon höll med om att vi hade utgjort en ganska ofruktbar kombination av människor. Det höll hon inte med om. Det hade varit skoj, sa hon, både här hemma och sen när vi drog ut på stan (och så hade jag gjort så många gulliga saker när jag började bli full). Jag lyfte avvärjande handen för att slippa höra alla detaljerna igen och det kostade på att låta bli att fråga vad hon tyckte var fruktbart med t.ex. kombinationen Glenn/Runar, men jag lyckades, och hoppade istället med en gul spelkula (spelet måste fortsätta ända tills hon vann, så mycket begrep jag).

Och hon vann. Var sympatisk och undlät att kommentera det, men sa att felet med mig var att jag inte hade förmåga att låta mig dras med. Du har alltid förbehåll, sa hon. Och hon sa att om jag intresserade mig för henne så kunde det inte vara tal om några förbehåll (det hade varit för många förbehåll i hennes liv redan, osv.). Från och med nu skulle det vara antingen eller med henne. Jag sa att hon inte kunde tvinga mig att låta mig dras med och inte heller till att gilla ofruktbara kombinationer av människor, men okej, vi kunde gärna säga att med henne var det antingen eller. Och vi sa det några gånger: med Marianne är det antingen eller. Med Marianne är det antingen eller. Sen gick vi till sängs, men jag kommer inte ihåg om vi älskade just den kvällen.

71) Jag vaknade på natten och kunde inte sova. Det slog mig plötsligt att jag inte behandlade Marianne riktigt väl. Inte så som man bör behandla någon man vill bli förälskad i. Jag tyckte att jag var oärlig och ironisk, att jag hakade upp mig på småsaker som helt saknade betydelse i jämförelse med den stora kärlek vi antagligen var i färd med att bygga upp, och jag låg en timme och tänkte att jag var en lättviktare när det gällde kärlek.

Till sist väckte jag henne. Marianne, kan du vakna? Jag klappade henne på halsen och kinden och viskade att hon var vacker och att hon måste vakna. Hon vaknade och hade blå hud. Hela mörkret var blått. Det snöade julesnö runt gatlyktan utanför fönstret. Jag frågade om hon tyckte jag behandlade henne illa. Nej, på intet sätt. Men ironisk eller utspekulerad? Nej, hon tyckte inte det. Är jag inte egoistisk, undrade jag, eller destruktiv eller bara ute efter din kropp? Nej, inte det heller. Vad är jag då? frågade jag. Hon sa att hon var nöjd med mig på alla vis. Jag borde sluta tänka på sånt och hellre sova vidare. Det blir nog vi två, sa hon. Och hon sa det så fint att jag blev liggande tyst utan tårar, som i en långdragen, sorgsen orgasm.

72) Hur ska vi göra med julen? frågade Marianne. Vadå göra? Jo, det var mycket vi måste ta ställning till: om vi skulle vara tillsammans eller var för sig, vad vi skulle äta, vad jag önskade mig, om vi skulle ha fest på nyårsafton (ja, alla såna saker). Jag sa att jag skulle till mina föräldrar. Hon skulle nu i varje fall inte till sina.

Jag sa nej, förstås inte. Hon tände en cigarett och ingen sa något medan hon rökte. Jag hintade något om att hon kunde utnyttja tillfället och ta chansen att göra det bra igen mellan henne och pappan, men hon tog inte den (långt ifrån). Julen är en tid som jag tycker är trevlig och jag tycker om att vara tillsammans med familjen några dagar och jag sa det till henne. Hon sa bara jaha, och det blev med ens ganska synd om henne. Hennes ögon tyckte att jag inte borde ha hjärta att låta henne vara ensam och jag ringde mina föräldrar som blev överväldigade av lycka över att få ta emot oss bägge. Jag sa att hon heter Marianne, att hon var söt och snäll och jag bad dem enträget att inte med ett ord nämna vare sig förlovning eller giftermål, (naturligtvis inte, sa min pappa, du känner väl oss). Jag frågade också om de för en gångs skull skulle kunna tilltala varandra med namn istället för med pappa och mamma som de brukade (t.ex.: Kan du vara så snäll och skära upp kalkonen, Ottar? istället för: Kan du vara snäll och skära upp kalkonen, pappa?). Det är helt i sin ordning, pojken min, sa pappa, (eller hur, mamma, att det går bra?), och min mamma tyckte också att det gick bra. Så då var allt bra och Marianne var glad. Och jag var mindre skeptisk än jag skulle ha trott.

73) Lilla julafton gick jag och köpte en stor bukett rosor och en äggkokare till Mariannes pappa. Jag skrev god jul pappa hälsningar Marianne och fick det hela sänt till hans dörr. Det plågade mig att jag av allt att

döma var ansvarig för brytningen mellan Marianne och hennes pappa.

För övrigt tyckte jag äggkokaren var så fin att jag också köpte en till min mamma, och en till Marianne och mig själv. Till min pappa köpte jag en badrumsvåg av hög kvalitet.

74) Marianne trodde att jag bett henne komma med till mina föräldrar bara för att vara snäll. Och om det var fallet så kunde det vara detsamma. Då ville hon hellre sitta ensam i lägenheten och stirra på ett eller annat för sig själv. Hon tjatade länge om det. Om jag tyckte att hon var en skrikhals och ett bortskämt barn, så skulle jag bara säga det till henne så att hon kunde... Håll käften! skrek jag. Hon hade inte tjatat. Det var min idé att ta henne med, och jag ville ha henne med och det tog mig en kvart att få henne att förstå att det inte var för att vara snäll som jag hade sagt det. Du kommer med och vi ska ha trevligt, sa jag. Så blev vi vänner igen och vi höll om varandra och jag berättade vem tant si och så var syster till och att min fars moster led av den och den sjukdomen och att min bror var ganska hygglig (när allt kommer omkring) och att familjen kom härifrån och därifrån och att farbror den och den kommer att säga det och det efter tre drinkar och att min andra farbror kommer att använda hela juldagen till att kontrollera att hans nya klocka går på sekunden rätt. Jag tror Marianne var helt uppriktig när hon sa att hon gladde sig åt att få komma.

75) Och julen uteblev inte.

Alla tyckte naturligtvis att Marianne var en osedvanligt söt flicka, och min pappas storebror ringde till Fröken Ur hela juldagen och log och pressade den nya klockan mot örat, (Nu börjar Kvällsnytt, sa min pappa. Nej, inte alls, kunde min farbror säga, och han tittade överseende på min pappa och försäkrade honom att de kunde fortsätta spela schack i gott och väl två minuter).

Vi åt kokta ägg (min mamma hade naturligtvis aldrig sett på maken till äggkokare) och Marianne och jag uppnådde nya höjder av ömsesidig omtanke i sängen.

Och det blev nyår. Jag fick pyttesmå raketer av min bror. Vi tände på dem och klappade lite i händerna och kramade varandra och sa gott nytt år. Marianne kramade och kramade och ville inte sluta, och hon sa med en klump i halsen att jag var det bästa som hänt henne under året som gått. Jag ville fråga om det hade hänt något året före som var bättre än jag, men jag gjorde inte det. Istället blev jag på det klara med att det var fint att vi hade träffat varandra och det sa jag till henne.

Några timmar senare stod vi utanför Ruths och Glenns dörr. Jag ringde på i en rolig rytm och Marianne puffade mig i sidan och sa att jag var tokig. Vi var finklädda.

76) Glenn och Ruth sa gott nytt år och serverade middag. Vi åt och tittade på TV och Jon Herwig Carlsen tyckte att Ernst Vettori kanske var den mest sympatiske österrikaren genom tiderna. Vi trivdes.

77) Telefonen ringde medan Marianne stod i duschen. Det var herr Slind-Hanssen och han begärde att få tala med sin dotter (som om jag ville neka honom det). Lägg ifrån er luren med en gång och hämta min dotter! sa han. Jag dröjde och ville säga att Marianne var i badet. Passa er! Ge mig min dotter! (jag varnar er). Jag hämtade henne. Det här hade jag inte räknat med. Jag satt och lyssnade till hur han tackade henne för den fina äggkokaren, och rosorna stod faktiskt fortfarande. Hans röst bullrade, men han var tacksam och nästan rörd och han sa att det var en fin gest av Marianne och att han nog skulle veta att återgälda den när den tiden kom. Han sänkte rösten och jag förstod av Mariannes ansikte att han försökte övertyga henne om att jag var en sketen typ med skumma avsikter (tvättar han sig varje dag? du ligger väl inte med honom?) och han tvivlade på att jag var istånd till att göra någon lycklig över huvud taget (och i varje fall inte Marianne).

Hon var perplex och fick inte sagt något vettigt. Herr Slind-Hanssen sa farväl till henne och bad att få prata med mig igen. Jag skulle bara inte tro att någon försoning kom på tal, han visste mycket väl att jag var en dålig människa och han menade att det bara var en fråga om dagar innan Marianne insåg det hela och lämnade mig. Ni ska veta att jag håller er ansvarig för min dotters lycka och hälsa, sa han.

78) Marianne sa fy fan och var mållös. Men så pratade hon. Är det det här du kallar antingen eller? sa hon och var rasande. Hon menade (och med rätta) att jag hade

gått bakom ryggen på henne. Hon var sårad och sa att hon inte hade väntat sig detta av mig (hennes bästa vän), och hon såg ingen mening i att tillbringa resten av dagen i närheten av mig, så hon packade en liten väska och tog bussen till Nidar-Bergene.

79) Jag blev sittande och funderade över om jag varit elak, men jag tyckte inte det. Det var snarare Marianne som inte insåg att jag hade velat hjälpa henne. Dessutom var det givetvis helt fel att det dåliga förhållandet mellan Marianne och fadern skulle gå ut över mig. Alltså: jag hade inte gjort något illa, jag hade inget att ångra, och jag gick för att köpa en tidning. Den skulle jag därefter gå tillbaka och läsa och vänta på att Marianne skulle ringa och säga att hon hade brusat upp och varit orimlig.

80) Marianne ringde inte och sa att hon hade varit orimlig.

81) Inte heller nästa dag hörde jag något från henne. Och jag insåg att det var självbedrägeri att tro att jag inte behövde henne och att jag hade det utmärkt ensam. Tankarna handlade utan undantag om Marianne, men det bekymrade mig att jag inte kunde identifiera det jag kände som förälskelse (eller som något annat känt). Men just innan jag somnade lyckades jag suggerera mig själv till att tro att det var förälskelse, (varje fenomen har sina underavdelningar, sa jag till mig själv, förälskelse kan vara så mycket). Och jag kom

fram till att det nästan inte är någon måtta på hur mycket som kan vara förälskelse.

82) Jag gick till simhallen och simmade en kilometer. Duschade, badade bastu, klädde på mig, ändrade mig, klädde av mig igen och simmade en kilometer till. Och jag gick inte till jobbet, men på bio.

83) De ringde mig från jobbet (ja, det stämmer, jag har varit sängliggande ett par dar). De sa att det hade hopat sig med fortlöpande arbete, och de sa det på ett sätt som fick meningen att hänga i luften och ha många punkter efter sig. Jag nickade och sa att jag skulle komma redan nästa dag.

Fortlöpande arbete tar inte slut. Jag hade jobb livet ut och min mamma brukade skaka stillsamt på huvudet och tycka att det var för bra för att vara sant. Egentligen borde jag helst le och köpa små presenter till mina vänner varje dag, menade hon. För vad den saken anbelangar så kunde mamma lägga fram listor med namn på tusentals vänner och bekanta som inte hade arbete och som gick runt och var riktigt bedrövade.

84) Herr Slind-Hanssen ringde igen och jag berättade att hans dotter var hos Nidar-Bergene i några dagar. Nej, jag hade inte numret till Nidar-Bergene och visste inte heller vad hon hette i efternamn. Han skrattade och var övertygad om att Marianne hade ljugit för mig och att hon omsider tagit sitt förnuft till fånga och läm-

nat mig (och han la till att det just är i sådana situationer som lögn låter sig försvaras). Jag bad honom hålla käften och han sa att han inte tillät att någon sa så till honom. Han hade gett sin dotter en såpass helgjuten uppfostran, sa han, att hon aldrig skulle komma att godta en typ som mig mer än halvvägs. Men du känner mig ju inte, sa jag. Du har ju aldrig träffat mig. Vissa saker bara är, sa han. Vissa saker vet man bara och det är onödigt att söka bevis utanför ens egen intuition. Han menade dessutom att om han av en slump skulle träffa på mig, så skulle han kunna bli lurad av ett fördelaktigt utseende eller av svävande talesätt. Nej, jag vet var jag har dig, sa han. Och han ville fortsätta att ha mig där.

85) Efter fyra dagar kom Marianne tillbaka. Hon kysste mig och sa att hon hade varit orimlig. Det var Nidar-Bergene som hade fått henne att inse att jag egentligen hade varit ädel och att hela min handling, även om den hade försiggått bakom ryggen på Marianne, var ett vittnesbörd om djup kärlek. Hon hade behövt de här fyra dagarna för att tänka efter, sa hon, men nu var hon alltså tillbaka och hon hoppades att jag kunde förlåta henne, så att vi snarast kunde börja vårt nya liv, utan oöverensstämmelser av något slag. Hon hade dåligt samvete, sa hon. Jag sa att det var bra, att hon inte behövde känna sig skyldig på något som helst vis. Och så log vi och sa att det viktigaste var att vi var tillsammans igen.

86) Marianne fick mycket mer post än jag. Jag var lite avundsjuk och undrade varför. Hon menade att det inte var lätt att säga (det kan finnas så många orsaker). Jag fick hyran, elräkningen, telefonen, tidningen (allt bara räkningar), och ytterst sällan slumpade det sig så

att det kom något lite mer personligt. Marianne fick personliga brev flera gånger i veckan. Finurligt färglagda kuvert med hennes namn i älskliga bokstäver. Jag kunde höra att hon småskrattade under läsningen. Gamla klasskompisar och väninnor, förklarade hon. Hon höll med om att det var lite orättvist, men vad kunde hon göra åt det? Jag föreslog att hon till exempel kunde betala sin del av räkningarna, och det tyckte hon var en bra idé. Men förresten så behövde jag väl inga brev så länge jag hade henne, menade hon. Och det tyckte jag var fint sagt. Och hon lovade att använda mindre av sin tid till att läsa brev, och mer tid till att säga att jag var härlig.

87) Vi hade det ganska bra nu. Det bekymrade mig inte längre att hon hade flyttat in. Jag tänkte inte mer på det. Hon var där med hela sig och jag tyckte det var fint. Jag gjorde fortlöpande arbete och Marianne studerade. Och vi låg med varandra flera gånger om dagen. Du kan gott måla byrån nu, sa hon en kväll. Men jag tyckte inte längre att det var nödvändigt. Jo, jo, hon skulle köpa färg nästa dag. Nej, du behöver inte, sa jag. Det behövs verkligen inte. Hon såg varmt på mig och tyckte jag var storsinnad. Jag skakade på huvudet för att hon skulle förstå att det inte var någon uppoffring.

88) Vi levde långsöndag. Beställde pizza som kom till dörren. Den var dyr, men vi hade pengar. Vi läste böcker för varandra. Jag tyckte om att lägga mig på rygg och lyssna på hennes röst. Hon läste så behagligt

att ljuden efter hand blev viktigare än orden hon sa. Jag visste inte vad jag skulle svara när hon frågade vad jag tyckte om det och det som hade hänt i boken. Ja, nu blir det spännande, sa jag, även om det säkert inte skulle bli det (för vi läste böcker där nästan ingenting hände).

Vad tycker du är det bästa med att bli stor? frågade hon en söndag som ett apropå till något hon just hade läst. Jag sa att det enda som gladde mig med att vara stor, var att jag kunde dela äpplen med bara händerna. Kan du verkligen det? sa hon och förberedde en fuktig kyss. Jag lät mig kyssas och sa att jag skulle visa nån gång.

Ibland låg vi bara och såg på varandra. Det kunde gå timmar av fullständig tystnad, och när en av oss omsider sa något, förstod vi som oftast att det inte hade varit nödvändigt, att det hade varit bättre om det förblivit osagt. Men det hände också att vi pratade länge. Pratade ända tills vi blev så trötta i munnen att vi bara måste stänga den och istället skriva eller mima besked till varandra. Ett par gånger bestämde vi oss för att vara tysta i ett helt dygn, men det klarade vi inte av.

En söndag sa Marianne att hon hade lust att ta lappen. Jag undrade vilken lapp hon pratade om, och hon sa att det var certifikatet, körkortet (Jaså, den). Jag frågade om hon hade pengar och hon sa att hennes pappa en gång hade sagt att han skulle betala det (han menade att det var en praktisk sak att ha, och han var en varm anhängare av allt som var praktiskt). Då är det väl bara att göra det, sa jag. Och det var det.

Vi drack många koppar med apelsinte med honung i under dessa söndagar. En gång välte jag tekannan i sängen. Allt blev vått och jag var tvungen att bära ut madrassen och låta den torka i vinden, men jag kunde se på Marianne att hon tyckte jag var charmerande tafatt.

Efter många timmar gick vi upp, och då hade det ofta blivit måndag.

89) Marianne kom chockerad hem från sin första körlektion. De hade varit och kört i en liten röd Golf en bit utanför stan då den spenslige bilskoleläraren hade föreslagit att de skulle låta trafikregler vara trafikregler och hellre gå på en pub och dricka sig lagom fulla, (jag undgick inte att själv bli chockerad). Marianne började gråta och berättade att hon hade stannat bilen och gått ur och att hon hade spottat på vindrutan medan bilskoleläraren leende körde vidare. Han hade bara satt på vindrutetorkarna och simulerat sexuell njutning och stuckit. Jag sa att jag inte hört på maken, och jag ringde till bilskolan och skällde ut killen så han inte var vatten värd och sa att han kunde stryka Marianne Slind-Hanssen ur sitt kundkartotek. Han skrattade och sa att det gjorde detsamma för honom, (det fanns ändå nog med dumma småtjejer som skulle komma att falla för honom), och jag kunde höra genom telefonluren att han var en senig liten jävel med skägg (och att han prenumererade på National Geographic).

Så, så, Marianne, tröstade jag. Jag torkade hennes

tårar och tänkte att just nu måste jag vara ganska bra att ha.

90) Jag gick en hel dag och kände mig illa till mods (utan att jag visste varför). I lunchpausen klippte jag naglarna och hoppades att saker och ting skulle bli bättre, men det blev de inte. Efter jobbet gick jag på klädrea och provade byxor utan att hitta några som gjorde mig tuff. Ingenting hjälpte förrän jag frampå kvällskvisten fick låna en tröja av min far för att jag frös. Det var en fin, blå tröja med vita ränder på ärmarna och i halsen, och jag kände när jag tog på den att jag ögonblickligen blev fin och stolt över mig själv. Den äckliga gröna tröjan som jag fram till dess hade gått med gav jag till min pappa och han sa att jag gott kunde låna den blå ett par dagar (på lång sikt skulle jag säkert få den).

För första gången gick det upp för mig att objekt (t.ex. kläder) kunde ha en direkt inverkan på mitt liv, och innan jag somnade (kring midnatt) hade jag insett och accepterat denna nya tanke.

91) Marianne sa nästa dag medan vi åt frukost att jag var häftig i den blå tröjan. Vilket märke är det? undrade hon. Jag tittade efter och på bröstet stod otvetydigt att det var Basic authentic sportswear från Classic Line. Jag blev glad och trodde jag fått en after-skitröja, men Marianne anmärkte att hon snarare trodde vi hade att göra med ett slags överdel till en joggingdräkt. Jag sa att det väl kunde vara detsamma, men Marianne menade att det inte fanns någon anledning att sudda ut

nyanserna i språket, (och vad har det med språket att göra? sa jag). Hon menade att det givetvis kunde göra detsamma, om jag absolut ville, men att tänk om vi bara började strunta i alla sådana skillnader, då skulle det snart inte finnas några nyanser kvar, allt skulle bli ohjälpligt tråkigt och det skulle bara återstå att flytta norrut och bli læstadian först som sist. Jag fattade inte tyngden i det sista argumentet, men gav mig, och koncentrerade mig hellre på frukosten. Efter en stund frågade jag försiktigt varför hon hade blivit så upprörd, men det hade jag inte med att göra och hon kunde väl få bli upprörd när hon ville utan att jag till varje pris skulle bry mig. Ja, naturligtvis, sa jag, (men det hade nu inte just varit till varje pris). Bra.

Vi var hur som helst överens om att det var en mycket fin tröja.

92) På jobbet var det ingen som lät sig imponeras av min tröja. Jag fick tvärt om besked om att tiderna var något hårdare än jag trott. Fick besked om att jag i värsta fall skulle få sparken. Snart. Det var inte det att jag gjorde ett dåligt jobb (inte alls, chefen ville jag skulle veta att jag var den bäste de hade haft när det gällde det fortlöpande), men jag var inte på något vis oumbärlig. Om det fortsatte som nu (vilket han inte hoppades), så skulle han bli tvungen att sparka ganska många och det fortlöpande arbetet måste delas upp bland de kvarvarande. Alltså, det var ju inte alls säkert, men han ville förbereda mig, om det skulle..., men kanske blev det uppgångstider redan nästa dag, man

visste ju aldrig (nej, det gör man ju inte). Och jag skulle inte tro att han tyckte om att säga detta, men det var en chefs tunga uppgift osv.

Jojo. Jag förstod.

93) Fint, sa Marianne, och menade att vi kunde åka på semester (och hon kunde lika gärna hämta en resväska med detsamma). Jag blev sur för att hon tog så lätt på det. Det är inte så bara att mista jobbet, sa jag, men småningom måste jag tillstå att tanken på semester tilltalade mig. Hon måste bara ha klart för sig att ingenting var avgjort ännu. Kanske fick jag fortsätta. Chefen hade ju bara förespeglat mig en möjlighet. Vi fick se. Hon dämpade sig lite. Men om... sa hon. Ja, då ja, sa jag. Och jag frågade om hon förresten hade pengar och hon sa att det hade hon väl.

94) Jag vaknade av att Marianne kysste mig och jag kunde känna att hon hade druckit ananasjuice till frukost. Jag undrade om lukten kom från munnen eller om den läckte ut från ett ställe längre ned i magen. Kanske kunde det vara detsamma, men jag bestämde mig för att det luktade från munnen. För om det var detsamma, skulle Marianne vid tillfälle angripa mig, prata om nyanser igen och anklaga mig för att vara læstadian (jag hade för övrigt ännu inte förstått varför Marianne menade att læstadianer var kategoriska människor som förkastade tillvarons variationer, men jag hade ändå inte lust att bli beskylld för att vara en, om det skulle visa sig att hon hade övertygande skäl).

Hon väckte mig och sa se här och att hon hade köpt nya kläder (hade gått upp tidigt i just det ärendet). Tröja och tajta byxor och ett par små trosor. Titta bara. Det var fina plagg, men jag sa försiktigt att tröjan kanske var lite sällsam. Hon frågade om jag inte tyckte om den. Jag sa att det inte var det jag hade sagt. Hon frågade vad det var jag hade sagt och jag sa att jag hade nämnt att den kanske var lite sällsam. Hurdå sällsam? Tja, mönstret var möjligen lite överdrivet. Och plötsligt brydde hon sig inte om vad jag tyckte, men menade själv att den var jättefin (och så härlig att ha på). Jag sa att jag inte alls hade sagt att den inte var fin, bara att den kanske (och jag betonade kanske) var lite sällsam. Det är stor skillnad på inte fin och sällsam, sa jag (för att inte tala om den våldsamma skillnad det är på ful och sällsam, även om jag aldrig hade tänkt på ordet ful, och långt mindre nämnt det).

Efteråt provade hon trosorna och de var över huvud taget inte sällsamma. Hon sköt ut rumpan och svankade med ryggen och visste att jag blev upphetsad, och hon ville utnyttja mig ett par gånger. Jag menade att det kanske var lite tidigt för sånt och hon blev irriterad och sa att man väl inte behöver klocka för att knulla lite, men om det skulle vara på det viset... Jag ändrade mig och sa att nej, på det viset skulle det inte vara, och vi knullade. (Senare kom jag på att vi i hastigheten hade glömt simglasögonen, men Marianne sa att det inte gjorde något, för hon hade överraskande nog blivit upphetsad ändå.)

95) Vi blev liggande ett bra tag in på dagen och Marianne frågade mig för första gången om jag var förälskad i henne. Jag sa att jag inte visste riktigt. Då är du det, sa hon. Åh? sa jag. Jo, hon hade läst en gång om några som inte visste och det hade efter hand visat sig att de var stormförälskade. Det säkraste tecknet på att man är det är att man inte riktigt vet om man är det. Jaså. Vilken bok var det? Nej, det kom hon inte ihåg. Men det hade varit en jävligt bra bok av en berömd och erkänd författare (hon funderade minsann lite på om inte vederbörande vid en viss tidpunkt fått Nobelpriset).

Jag tänkte lite, och frågade därefter om hon var förälskad i mig. Ja, hon trodde det. Men är man det mer om man inte riktigt vet om man är det, än om man tror man är det? Det är mycket möjligt, ja. Isåfall är jag mer förälskad i dig än du i mig, sa jag.

Det blev hon väldigt glad för att höra och hon lovade att hon med tiden skulle försöka att bli det lika mycket som jag.

96) Marianne köpte stora, gröna äpplen (Granny Smith). Få se nu då, sa hon och jag delade allihop med händerna och hon blev mycket imponerad (själv hade hon inte unset av en chans – hon klarade det knappt med kniv). Hon tyckte så mycket om ljudet när äpplet brast, sa hon. Vi stirrade länge på de buckliga brottytorna. Vad var det jag sa, sa jag.

Och vi tvingades laga äppelkaka för att slippa att äpplena låg där och blev bruna. Jag köpte glass och hon gjorde degen. Det var en bra överenskommelse.

97) Nidar-Bergene ringde för att höra hur det gick med mig och kristallen. Jo tack, det gick bra. Hon ville veta om jag kände någon skillnad, men jag var ärlig och berättade att jag ännu inte hade haft tid att använda den så aktivt. Hon föreslog att jag kunde lägga den under huvudkudden, så kunde den verka medan jag sov, helt utan ansträngning från min sida. Det verkade vara en bra idé. Jag skulle komma att vakna mer utvilad än förr, med en massa krafter, och fullständigt rensad på mänsklig smuts. Jag sa att jag inte hade så mycket smuts, att jag på det hela taget kände mig ganska ren. På det hela taget, ja, sa hon. Men jag fick inte glömma att det också finns ögonblick utanför på det hela taget, och då var det också viktigt att vara människa. Jodå, sa jag. Och dessutom ansåg hon sig kunna höra att min röst vittnade om en glädje som kunde tyda på att jag omedvetet hade börjat tänka mer i helheter. Jag sa ja, och att om någon borde känna till detta, så var det väl hon, men att jag måste lägga på, för jag var så himla kissnödig.

98) En onsdag kom Halfred på besök efter jobbet (han hade lotsat en supertanker utomskärs och hade flugits in i helikopter). Han drack väl en kopp kaffe? Ja, gärna. Det slumpade sig så att han skulle på en vidareutbildningskurs (i Sverige), så han undrade om inte vi kunde vattna de två krukväxter han hade. Jo, självklart. Lite vatten (inte för mycket) varannan dag, och om vi skulle råka glömma det en dag så var det ingen katastrof. Här är nycklarna (och vi kunde gärna få lördagsutgå-

van av Aftenposten, med A-magasinet som han nyligen hade börjat prenumerera på). Han skulle bara vara borta i två veckor och hoppades komma tillbaka som en bättre lots. Ha det så bra då, Halfred. Och han fick en kram av Marianne. Men han reste sig inte. Jag trodde han förberedde sig för att säga något som var svårt att säga, men det gjorde han inte. Mer kaffe? frågade jag omsider. Ja. Och han drack det långsamt medan vi småpratade om curling. Så for han till Sverige.

99) Marianne och jag lyssnade på Schubert en lördag förmiddag. Bent kom på besök och vi serverade te med honung, och Bent satte igång att röka. Om vi vill gå med på bio? Jag hade inte nån lust och Marianne sa också nej, att det inte passade, men gärna en annan gång. Då ville inte Bent heller gå. Det är ingen vits med att gå på bio ensam, menade han. Det viktigaste med film var inte nödvändigtvis att bli berörd, men att minnas den tillsammans med någon efteråt. Annars var han inte säker på att han hade varit där över huvud taget. För hans del var det alltså bättre att inte se en film än att se den ensam. Jag sa att jag möjligen förstod vad han pratade om, men att jag inte fick mer lust att gå på bio av den anledningen. Om han ville kunde han få låna telefonen och fråga någon annan. Han ringde Nidar-Bergene och de avtalade att hon skulle möta honom hos oss om ett par timmar.

Jag tänkte att det inte fanns något annat att göra än att hälla upp te, så jag hällde upp te och Marianne satte på Schubert en gång till. Och vi pratade, men egentligen väntade vi på Nidar-Bergene.

Bent förklarade att han hade känsla för det ostrukturerade studentlivet. Men han sov för mycket, sa han, och han fick inte rökt så mycket som han skulle önska. Fyra, eller maximalt fem timmars sömn varje natt, och i övrigt rök. Det var målet. Han tyckte om att röra sig i gränslandet för vad kroppen tål, sa han, och han berättade många dråpliga historier. De allra flesta handlade om öl.

Jag nickade tyst och växlade en blick med Marianne – lät henne förstå att jag var skeptisk till denne man som hon kallade sin vän.

Bent rökte i ett och ingen av oss var omedveten om att stämningen var lite tröstlös. Vi spelade tre rundor med Kinaschack och jag blev sur när jag insåg att Bent och Marianne försökte låta mig vinna den fjärde. Omsider kom Nidar-Bergene och hämtade Bent. Jag var noga med att inte säga att han snart skulle komma igen, men han la knappast märke till det.

100) Efteråt sa jag till Marianne att jag tyckte mycket om henne (det fick hon inte tvivla på), men att jag bara måste beklaga att de flesta av hennes vänner var så enfaldiga. Och jag menade att Bent rätt och slätt var dum.

Marianne klappade mig på kinden och sa så, så. Hon ville att vi skulle ta en promenad. Bara vi två. Jag skulle inte bekymra mig så mycket om alla andra, sa hon. Om Bent var enfaldig så var det ju värre för honom än för oss (i långa loppet). Och hon tröstade mig för att jag hade förlorat så grundligt i Kinaschack. Först ville jag inte ha någon tröst, men efter hand tyckte jag det var skönt. Och vi gick längs gatorna, tätt omslingrade. Vi andades för fulla lungor och skrattade och kastade en och annan snöboll. Det blev en lång promenad, och när vi kom tillbaka hade det redan varit natt ett bra tag.

# Andra delen

101) Jag kommer till jobbet och chefen kallar mig till sig och säger att han beklagar mycket, men att det dessvärre inte är något att göra åt. Jag måste sluta. Nu med en gång? Ja. På dagen (dessvärre). Men jag ska inte ta det så hårt, säger han. Han kommer att ringa mig med en gång när det blir bättre tider (här hos oss har vi alltid tagit vara på våra anställda). Jag frågar om det är något som tyder på att det snart blir bättre tider, och min chef säger att det inte är lätt att säga, men att saker och ting mycket snabbt kan bli bättre (kanske till och med innan vi vet ordet av). Min chef ler betryggande och jag känner att jag nästan har fått ett löfte om en återkomst snarast. Och pengar får jag. Lön för tre månader. Min chef slår ut med armarna och skrattar och säger att ja, det är inte pengarna det handlar om. Jag går hem och är belåten. Jag har hur som helst aldrig varit istånd att se längre framåt än några få veckor.

102) Men då reser vi, då, säger Marianne. Ja, vi gör väl det, säger jag. Och det gör vi faktiskt. Efter några da-

gar. Marianne säger att jag inte har en aning om hur mycket som måste fixas före en resa. Jag frågar om det inte kommer an på resan, men det gör det inte. Vi måste tvätta kläder och hitta ryggsäckar och resväskor. Dessutom måste Marianne köpa en del nya kläder och jag måste ha skor, säger hon. Ta de här, säger Marianne. Och hon får expediten att förklara för mig hur viktig skon är för våra fötter, och därefter hur väldigt viktigt det är för vårt välbefinnande med bra fötter. Många människor ignorerar detta, säger damen, och hon menar att dessa på sikt kommer att få sina straff. Jag köper skorna och tycker de är rätt fina. Jag är spänd och förväntansfull och gläder mig åt resan.

103) Vi säger adjö till mina föräldrar. Min mor är naturligtvis förkrossad av att hennes son nu är att räkna som arbetslös, och hon kan svårligen koncentrera sig på något annat. Hon säger att jag ska roa mig medan jag kan, för det kommer att vara slut när jag inser det allvarliga i min situation (en tidsfråga).

104) Jag försöker övertyga Marianne om att det är helt i sin ordning att resa med tåg. Det irriterar mig bara att hon utan att fråga mig har utgått från det (jodå, Marianne, jag tycker mycket om att åka tåg). Om du vill kan vi gärna flyga, säger Marianne för tredje gången. Men jag vill inte flyga. Inte alls. Jag vill ta tåget. Jag vill bara inte att hon alltid ska ta mina åsikter för givna. Hon lovar att sluta med det. Och hon beklagar, (men då blir det tåg då? säger hon). Och jag nickar.

105) Till sist är det inga fler förberedelser, och bara vi två i en tågkupé. Nästan inga andra människor är ute och reser vid den här tiden på året.

Hela den första natten är lång och nästan helt mörk. Med kala träd och snö, men det är helt i sin ordning. Vi tycker om träd, säger vi. Och vi har enats om att vi inte ska ha bråttom. Att resan i sig själv ska vara en upplevelse. Vi ska ha en upplevelsesemester där allt är lika viktigt. Marianne säger att det bara är stressande att man absolut ska komma fram till vissa ställen hela tiden, och jag håller med. Det är här och nu som räknas, säger Marianne. Varje ögonblick ska avnjutas. Och så tar hon den där om att det är bättre att vara på resa än att komma fram och jag frågar om hon går med en liten buddhist i magen, men det angår inte mig vad hon har i magen, säger hon.

106) Jag drar ner fönstret så att det blir en glipa på två centimeter, och sätter mig och röker. Marianne läser. Det är kallt ute. Och det snöar. Men tåget kör så fort att snön inte lyckas komma in. Jag blåser röken mot glipan i fönstret och jag ser att den vibrerar på ett nyckfullt vis medan den sugs ut i natten. Jag pressar ögonen mot springan och frågar om Marianne har tänkt läsa länge, och det har hon.

Jag ser ett landskap av mörka träd med snö på. Men jag ser bara ett smalt band av det, och det fascinerar mig en stund. Om jag flyttar blicken en millimeter ner, kan jag se mitt eget ansiktes spegelbild i en metallkant. Inte hela ansiktet, det mesta, men inte ögonen. Jag funderar lite på om jag inte har en påfallande liten mun, kanske för liten. Men jag frågar inte Marianne om det. Jag vill inte störa. Och dessutom skulle det vara synd att göra henne uppmärksam på min lilla mun om hon inte tidigare tänkt på den. Kanske skulle den börja plåga henne. Den kan komma att anta oanade dimensioner i henne, tänker jag, uppsluka henne och göra henne monomant upptagen av dess ofullkomlighet (sånt där har en lömsk tendens att dra till sig allt).

Jag vill inte i onödan förstöra den harmoni som vi är i färd med att bygga upp, så jag håller käften. En annan sak är att hon säkert skulle ha kommenterat det för länge sedan om hon hade gått i sådana tankar som att min mun borde vara större.

107) Marianne frågar om jag har något emot att stänga fönstret och jag säger att jag egentligen gärna kan tänka mig att ha det öppet en stund till. Om det inte är något problem för henne (naturligtvis). Jag frågar om hon fryser. Nej, inte just det. Vad är det då? Hon vet inte riktigt. Det gör henne bara orolig. Jag säger att jag förstår hur hon har det. Jag har det ofta så själv. Att jag förnimmer saker, anar känslor, utan att jag vet varför. Men det, säger jag, är ingen anledning att inte försöka ta reda på vad det är med det där som plågar henne. Jag uppmanade henne med andra ord att granska sig själv lite, så att hon om en stund kanske kan motivera varför hon vill att jag ska stänga fönstret.

108) Ingen av oss säger något på en stund.

Så säger Marianne att hon inte håller med om att man måste ha orsaker till allt möjligt. Hon menar att hon visst kan be mig stänga fönstret utan att först ha tänkt ut en oantastlig motivering. Det är hennes solklara rätt. På samma sätt som jag kan säga liknande saker till henne. Jag håller inte med. Om hon fryser är det en sak, säger jag. Men så länge hon inte vet varför, plågar det mig att stänga fönstret. Jag ber henne komma ihåg att det ofta händer att folk går omkring med bestämda och märkliga föreställningar om saker som de egentligen inte har tänkt över alls. Kanske hennes önskan djupast sett är av liknande art, säger jag. Hon blir irriterad. Och jag förklarar att vi inte kan bortse från det faktum att öppna fönster sedan gammalt är förbundet med kyla och drag (och därmed också med sjukdom – borttynande och död) och jag ber henne ta under övervägande möjligheten att sådana tankar kan ha gripit henne. Omedvetet naturligtvis. Hon säger ingenting. Ser bara på mig med en lite trött blick. Så säger hon att jag inte vet när det är nog.

Jag tittar ut genom fönstret. Tåget står stilla. På perrongen står en man och har druckit. Om det finns någon sannolikhet här i världen så är det en svensk. Marianne somnar. Jag stänger fönstret och somnar också.

109) Jag blir väckt av en konduktör som vill se biljetter. Vi närmar oss Stockholm. Marianne sträcker på sig och säger att hon har tänkt på det jag sa, men att hon inte har funnit någon anledning att ge sig. Hon menar

fortfarande att hon inte behöver någon orsak för att be om att saker ska göras på ett annat vis. Det är en fråga om känslor, säger hon. Ibland kan man helt enkelt inte sätta ord på saker, men inte desto mindre vet man att det ska vara så eller så, och hon frågar om jag förstår. Jag ljuger och säger ja.

Det är tidigt på morgonen och ännu mörkt. Överallt har man placerat ut strålkastare som bländar oss och lyser ändamålslöst ut i luften. Det är svårt att se ut genom fönstret utan att få ont i ögonen. Jag tycker det är ett oting, men Marianne säger att hon mycket väl kan förstå svenskarna på den punkten. Hon har aldrig själv varit helt trygg i mörker, säger hon.

Till slut stannar tåget och vi går av. Börjar strosa omkring på den inte alltför charmerande svenska stationen.

110) Vi upptäcker att vårt tåg har blivit åtskilligt längre under nattens lopp. Det gör oss gott att se det. Vi har varit en del av något som är större än vi trott.

111) Jag måste ta bilder av Marianne medan hon trutar med munnen framför en fontän. Och så kysser vi varandra en ganska lång stund. Därefter vill Marianne resa vidare. Hon tycker att alla är så livrädda i Stockholm. Hon pekar på en kvinna som går förbi och som uppenbarligen är rädd för något. Marianne menar att ingen kommer att sakna oss om vi sticker. Jag antyder att om hon vill vara på en plats där hon blir saknad, så är det kanske bäst att ta tåget hem igen. Men det är

inte det hon menar, säger hon. Och hon säger att män inte förstår sådana tankar. Ibland, säger hon, känner man sig saknad, eller önskad, på en plats där man aldrig har varit förr. Om jag aldrig har upplevt det? Nej, det har jag inte. Marianne säger att när man kommer till en sådan plats vet man det. Det kommer att stå klart att resan är slut. Men Stockholm är alltså inte något sådant ställe.

112) Det är en stilla morgonstund på tåget. Meningslös på sitt sätt. Men god och tyst. Marianne läser igen. Jag ser på henne. På fingrarna som hon håller boken med. Långa och tunna. Jag funderar över hennes ständiga infall. Jag är osäker på om hon är osedvanligt speciell eller om det är jag som är utpräglat ordinär. Jag inser att något skorrar, men lyckas inte föreställa mig vad som kunde vara annorlunda.

Jag frågar Marianne om hon vill ha en seg gubbe och det vill hon. Men hon fortsätter att läsa. Ser bara upp på mig då hon säger tack. Hon är oberörd av min närvaro. Oberörd av mina tankar och av att tåget fortfarande stannar vid alla pyttesmå stationer (folk som bor på små platser måste väl ha rätt att ta tåget de också, säger hon när jag kommenterar det).

Var får hon sina föreställningar ifrån? undrar jag. Det verkar som om de bara kommer. Skenbart från ingenstans. Hon gör ingenting för det. Och jag ertappar mig själv för ett ögonblick med att vilja vara som Marianne. Lika fri i tanken.

Du är oberäknelig, säger jag till henne. Människor

är det, svarar hon. Inte jag, säger jag. I varje fall inte lika mycket som hon. Nej, kanske inte, säger Marianne.

114) När tåget stannar i Perstorp kikar Marianne ut genom fönstret och säger hej, se på det där märkliga huset! Jag ser, men tycker inte det är något märkvärdigt med det, och Marianne insisterar inte. Det blir ingen diskussion. Huset är så uppenbart vanligt att det skulle ha varit löjligt av henne att bråka. Hon får mig inte ens att säga att huset är lite märkligt (det är ett helt vanligt hus, för fan).

Efter detta sitter bägge och stirrar lite spänt för att finna ett hus som vi kan vara överens om är lustigt. Till sist ser vi ett. Vi kommenterar det och skrattar och pekar, och Marianne flyttar sig så att hon sitter intill mig. Hon ger mig en kram och blåser mig lite i örat.

115) Från färjan kan vi se att Danmark närmar sig och jag klappar Marianne på ryggen. Det blir något annat så snart vi kommer över det här sundet, hävdar jag. Marianne säger att hon tycker att en sådan hållning kan tyda på att jag tycker bättre om vissa delar av resan än andra och hon påminner mig om att vi kommit överens om att resan ska vara ett mål i sig själv. Ja, jag minns det, men jag tycker iallafall att det är något speciellt med att lämna Norge och Sverige. Danmark är genast något annat. Vi lägger något bakom oss i det här sundet, säger jag. Och jag säger att jag måste väl ha lov att tycka så. Hon skakar på huvudet. Hon menar att jag

har en tendentiös hållning. Som om vissa delar av naturen vore bättre än andra. Det påminner lite om naturapartheid, säger hon. Nu får du ge dig, säger jag. Men hon ger sig inte. Och ingen av oss säger något förrän vi kommer till Köpenhamn. Där är vi tvungna att prata för att komma överens om vad vi ska göra.

116) I samma ögonblick som vi kommer ut från Hovedbanegården, sätter Marianne ifrån sig sina väskor och stannar. Ber mig komma tillbaka. Hon fuktar sitt långfinger och avlägsnar lite torrt rakskum vid mitt öra. Jag ber henne sluta med det. Det irriterar mig att folk som går förbi ska se henne göra det (de kan ju inte veta att det är första gången). Marianne blir irriterad och säger ursäkta med tydligt genomskinlig ironi i rösten. Jag säger att jag inte vill veta av att hon gör det fler gånger. Hon säger att hon aldrig ska göra det igen. Inte ens om jag ber henne om det.

117) Vi kommer bort från varandra. Jag vet inte hur det går till, men plötsligt är inte Marianne vid sidan av mig. Jag börjar leta. Först på Hovedbanegården. Därefter runt omkring i stan. Men Köpenhamn är så stort och Marianne så liten att jag knappt nog finner någon av dem (Köpenhamn varje gång jag sätter mig på en bänk och vilar, men Marianne inte över huvud taget).

Långt efter midnatt finner jag henne på stationen. Vi har varit så oroliga för varandra. Vi kramas och gråter och ingen av oss beskyller den andra för vad som hänt. Men vi försöker att vara vuxna och förnuftiga och säger att vad kan vi lära av detta. Och på resten av resan ska vi göra helsäkra överenskommelser, säger vi.

118) Vi vaknar på ett hotellrum. Tätt flätade i varandra. Marianne vill att jag ska se på när hon onanerar. Jag tycker det är fint, och dessutom varar det inte så länge.

119) Det händer något vackert medan vi är i Köpenhamn. Kanske det vackraste vi upplever tillsammans. Orsaken till att detta på det hela taget skrives.

Vi vaknar lika tätt inflätade som dagen innan och vi är goda vänner från morgonen och hela dagen. Marianne kysser mig och säger att hon har saknat mig medan vi sov. Hon tittar ut genom fönstret och säger att det är fint väder. Säger att hon känner till ett ställe som vi kan åka till och tillbringa dagen. Det är ett härligt ställe. Hon har varit där tidigare. Jag blir överraskad. Vi tar ett lokaltåg ut till en stor park med gamla ekar. Marianne säger att det alltid är sol där. Nu skojar du väl, säger jag. Men hon skojar inte.

Och det är levande djur som springer mellan träden, och de är nästan inte rädda när vi kommer i närheten. Vi går hand i hand och tycker att djuren är fina. Rådjur är det. Några pojkar lånar oss en bumerang och vi kastar med den. Vi får inte till det, men vi skrattar en hel del och knuffar varandra och jag inbillar mig att den sortens lek kommer att svetsa oss samman ytterligare.

Vi sitter länge på trappan till ett litet slott som ligger på en höjd. Sitter och ser på det sluttande landskapet.

Men vi kommenterar det inte. Vi säger väldigt lite. Vi har det bra. Just där och då känner vi bägge att vi är ett riktigt kärlekspar.

Vi blir sittande mycket längre än någon av oss tänkt. Det är inte kallt, även om det egentligen borde vara det med tanke på årstiden. Vi flyttar inte på oss när det mörknar, och inte heller sedan det varit mörkt ett bra tag. Marianne tar fram en kartong med billigt vin, som hon på något underligt vis har lyckats hålla gömd ända till nu.

Och vi strosar mellan de uthålliga träden. Ser på skyarna som drar förbi månen. Marianne säger att hon tycker det är märkligt att det inte är kallare än det är, och jag håller med.

Det blir så sent att det inte går fler tåg tillbaka till stan. Jag blir lite förtvivlad och undrar vad i all sin dar vi ska ta oss till. Marianne knackar på dörren till ett litet tegelhus som ligger i utkanten av parken. När dörren öppnas ursäktar hon sig och är artig och söt. Är helt korrekt. Hon frågar om hon kan få låna telefonen för att ringa efter en taxi. Det är en gammal uppsyningsman som bor där med sin fru. De tycker det är för illa att vi ska betala flera hundra kronor för en taxi tillbaka till stan. De ser på varandra och tycker rätt och slätt att det skulle vara illa. De säger att vi kan sova hos dem. Erbjuder oss deras sons rum (han har flyttat för länge sen). Vi säger att det är alltför vänligt, och det är det ju, men Marianne viskar till mig att det ibland går an att göra sådana saker ändå och jag håller med. Vi säger tusen tack till det gamla paret. Frun frågar om vi kan ligga i samma rum (vi är kanske gifta?). Vi är väl det, säger Marianne och jag låter henne säga det, och för ett kort ögonblick njuter jag av tanken att jag inte sagt emot henne.

De två gamla bjuder oss på rönnbärsvin och vi sitter och pratar med dem ett bra tag. Uppsyningsmannen berättar om parken. Han pratar om djuren och träden. Det är nästan hans park. Det har hur som helst varit det länge. Och vi läppjar på vinet. Marianne tar min hand och klappar den inför de gamla, och frun säger att hon har gjort vinet själv. Jag ser på henne med beundran i blicken.

Nästa morgon vaknar vi i ett pojkrum där solen strömmar in. Uppsyningsmannen och hans fru har inte velat röra något därinne. Sonen blir väl inte större för dem (just som det ska vara). Och det hänger flygplan i taket och väggarna är fulla av planscher med bilar. Jag tänker att längre än det här kommer jag väl aldrig, och jag ligger och känner mig lycklig. Helt tyst. Och jag tror att Marianne och jag alltid ska vara tillsammans.

Vi älskar inte med varandra. Det är inte nödvändigt. Ingenting behöver vara annorlunda. Vi ligger bara och ler. Solen träffar Marianne uppe vid hårfästet och jag har lust att bara ligga där och bara vara glad hela dagen. Men frun knackar försiktigt på dörren och frågar om vi vill ha frukost. Vi låter henne be oss två gånger. Men så kommer vi, äter och dricker te. Tackar vackert för oss.

120) Redan på tåget in mot Köpenhamn är den lyckliga stämningen från morgonen lite försvagad. Jag frågar Marianne om hon har ett tuggummi till mig, men hon har bara ett kvar och det vill hon ha själv. Jag säger att jag tycker det är dålig stil, och hon sänder mig en blick som skulle gett vem som helst kalla kårar.

Det eviga i vårt förhållande tonas ned något. Jag inser att vi är förgängliga bägge två.

121) Vi far vidare söderut och det visar sig att också tyskarna har adapterat den svenska ovanan att sätta upp kraftiga strålkastare i tid och otid och låta dem störa den fina, disiga natten. Jag tar lika klart avstånd här, men Marianne har förståelse också för tyskarna. Det är väl inte egendomligare att tyskarna är rädda för mörkret än att svenskarna är det, menar hon.

Vi rullar in i Essen lite före den vanliga tiden för uppvaknande, och jag kommenterar att det inte är många tyskar som har den egenheten att de stiger upp tidigt. Jag har sett ljus i bara två av de tusentals fönster vi har åkt förbi den sista halvtimmen. Kanske folk i Essen tycker om att traska runt i sina lägenheter i mörkret, föreslår Marianne (ja, det skulle ju varit desto egendomligare).

Jag får för mig att jag ska fråga Marianne vart det här tåget går. Det går till Paris. Jag undrar vad vi har där att göra (alla reser ju dit), borde inte vi ha vett nog att undvika det? Marianne frågar om jag någon gång har tänkt på varför folk åker till Paris (om inte bör jag göra det nu, säger hon). Jag har faktiskt aldrig tänkt på det, så jag gör det nu, på anmodan. Och jag kommer fram till att det kanske inte är en så dum idé ändå.

122) Vem mer än tyskarna kan få för sig att bygga ett helt vanligt, och på alla vis charmlöst bostadsblock som är bortemot fyra kilometer långt? frågar jag (vi har just passerat ett). Nej, Marianne kan inte komma på några. Jag säger att jag tror att tyskarna har en dragning till det monumentala som gränsar till det perversa. Marianne ser det som så att det kanske är bättre att några är monumentala än att ingen är det. Kanske det, säger jag och tänker efter. Ja, eller kanske inte, säger Marianne, och jag säger att om det ska vara konklusionen så har vi kommit lika långt. Marianne menar att vi iallafall inte kommit kortare. Som om det någon gång är möjligt att komma längre, säger hon efter några sekunder. Och hon ser på mig.

123) Men tyskarna har utmärkta klockor. Det erkännandet ska de ha. Jag vaknar nästan varje gång tåget stannar vid en station, och alltid stirrar jag på samma typ av klocka. En eller annan tysk måste ha lyckats konstruera en klocka (den första i sitt slag?) som ger intryck av att ha gott om tid. Den får tiden att kännas långsam. Ingenting hastar när man står på en tysk järnvägsstation. Sekundvisaren inte bara flyttar sig, den stannar också fullständigt upp för varje sekund. Det är genialt. Klockan visar tiden dröjande. Pressar ut mer ur den. Det gör mig gott att se.

124) Efter biljettkontrollen som väcker oss, påpekar jag för Marianne den våldsamma skillnaden i lynne mellan konduktörerna (dansken, som igår kväll rotade i sina papper i över en kvart utan att kunna svara på vår fråga om anslutningar. Och tysken, som på sekunden hade svaret klart, och som upprepade det det nödvändiga antalet gånger – utan att jag hade bett honom om det).

Du tänker för mycket, säger Marianne. Och hon frågar om jag inte själv tycker att det är ett handikapp. Det tycker jag inte alls. Tvärt om, det har ett värde för mig, säger jag. Och jag säger att det att resa är för mig att tänka. Jag tar in saker, upplever saker genom tanken, associationerna, den lite tillbakahållna reflexionen efteråt. Det är viktigt att jämföra det nya med det kända. Då får resan mening för min del.

Marianne menar att jämförelser är den maskulina världens största felgrepp. Bra, säger jag, men det är ändå mitt sätt att betrakta världen på. Jag är lite skrämd eftersom hon vill ta ifrån mig mitt sätt att tänka (jag känner inte till något annat). Och Marianne säger att det är just det som är problemet. Personligen skulle hon hellre stanna hemma än utsätta sig för en resa ledsagad av min typ av tankar.

125) Varje gång vi åker förbi städer, lämnar de mig mållöst tänkande på det stora antalet människor och bilar som finns därinne (och i sista instans: i hela världen). Ta Antwerpen. Det tar en halvtimme att passera stan. Och ändå förefaller det mig som om tåget kör

fort. Gator och fönster och parkerade bilar så långt jag kan se. Jag blir lite slagen i sank av tanken på alla människorna. Tal blir oväsentliga. Jag lyckas inte föreställa mig mängden. Heller inte hur brett jag måste le om jag skulle bli vän med dem alla (från öra till öra hade knappast varit nog). Vi människor finns i ett antal som jag inte är istånd till att uppfatta, inte ens som abstrakt föreställning. Och jag tänker att Gud måste ha varit lite orealistiskt ambitiös den där gången. Han måste ha tagit sig vatten över huvudet. Kunde han inte bara ha stoppat, t.ex. efter Antwerpen?

Sagt att det var nog. Kallat det en dag?

Men nej, det kunde han inte. Och nu sitter vi här.

126) Marianne väcker mig och säger att hela Belgien ser ut som en enda stor byggarbetsplats. Ett saneringsstråk. Jag frågar om hon har hunnit se hela Belgien. Hon har sett mer än nog, säger hon. Jag tittar ut och håller med om att det inte är särskilt vackert, men jag tycker att hennes dom är lite orättfärdig. Landet har väl sina dolda skönheter, trots allt. Marianne pussar mig och säger att det är gulligt att jag alltid ska ta svaga saker i försvar. Belgien är väl ingen svag sak, säger jag. Men Marianne menar tvärtemot att det är det. En av de allra svagaste.

127) Det börjar bli Paris utanför fönstret nu. Jag tar på mig skorna och döljer inte att det gläder mig.

Just innan tåget stannar frågar Marianne om vi inte bara ska hoppa på ett nytt tåg och resa vidare med en gång. Jag är överraskad och undrar om hon ändå inte har lust att vara i Paris. Hon säger att det inte är så viktigt längre. Om vi aldrig går av tåget, säger jag, kan vi inte säga att vi har varit någonstans. Marianne menar att just det är en definitionsfråga, och att det dessutom inte intresserar henne vad vi ska säga till folk efteråt. Det som räknas är vad vi har lust till här och nu. Men jag har lust att vara lite i Paris nu, förklarar jag. Jag har lust att duscha och se på människor och sitta i parker och dricka vin och bli lugn i kroppen. Dessutom kan vi inte ligga med varandra här på tåget, säger jag (och tror att det ska vara ett viktigt argument för att få henne att ändra ståndpunkt). Kan vi inte det? säger Marianne, och jag väntar att hon ska visa mig att vi kan, men hon visar mig ingenting. Och hon låter mig ana att det alls inte är säkert att hon kommer att ha lust att ligga med mig på ett hotellrum i Paris heller. Men vi tar inte något nytt tåg. Vi går ut på järnvägsstationen och kikar lite och jag trivs. Marianne är fast besluten att låta Paris bli ett misstag, så att jag om ett par dygn kommer att hålla med henne om att vi hellre borde ha rest vidare.

128) Vi tar metron hit och dit några gånger, och slår blixtsnabbt ihjäl myten om de jättebilliga och pittoreska hotellen som efter vad det sägs ska ligga överallt i den här stan. Men vi hittar ett rum. Innanför stadsgränsen och till ett rimligt pris. Marianne tycker inte rummet är trevligt, och hon försummar inget tillfälle att påpeka det.

129) Marianne vägrar att lämna rummet. Jag tycker det är lite dumt av henne, eftersom hon till den grad insisterar på att hon inte trivs där. Det kan ju snart visa sig att det är trevligare på andra ställen i Paris, säger jag. Men nej. Hon föreslår att jag ska använda dagen till det jag sa att jag hade lust att göra (så vi kan resa vidare). Jag tycker det är ett bra förslag, så jag tar med mig en bok och sätter mig i en park. Jag läser. Av och till kastar jag en hastig blick omkring mig. Det är många människor i parken, och jag faller i tankar. Några matar duvorna. Och det kommer fäder med små söner förbi. De bär fotbollar så klumpigt som bara storstadsfäder kan (konsten att bära en fotboll med *en* hand – utan att bli skitig om fingrarna – som man bär en bricka med kristallglas – med böjd arm och fyra halvstyva fingrar). Och dessa fäder sparkar boll med sina söner, med händerna i fickorna på de tjocka överrockarna. Behåller stilen fullständigt. Till hälften engagerade, och ibland med små pauser då de pratar med bekanta – oftast mödrar med ungar i samma ålder som deras egna. Så plockar de upp fotbollarna. Placerar dem på fingertopparna och leder ut sönerna ur parken.

Jag läser lite igen. Men det är roligt att se på alla människorna. Jag lägger märke till en grupp pojkar som springer runt och skrattar. De flesta av dem är negrer. Och de är väldigt söta. De hoppar och trivs och har inga gränser. Jag föreställer mig att detta är veckans höjdpunkt för dem. Deras mödrar är inte i närheten (och långt mindre deras fäder). De har fått på sig röda luvor och är helt vilda och galna, och de har finurliga sätt att skrämma livet ur duvorna på. Det slår mig att jag vill skriva en liten historia om dem. Jag ska kalla den Negerpojkarnas söndag. Jag blir nöjd med mig själv och noterar stickord på baksidan av ett kuvert. Senare på kvällen skriver jag ut den helt. Jag ler och tycker det är en förförisk liten historia. Jag läser den för Marianne, men hon tycker inte den är något särskilt. Nästa dag upphör jag också själv att tycka om den.

130) Frukost. Kyparen frågar hur vi vill ha våra ägg, och Marianne förklarar det för honom på franska. Hon tar lång tid på sig, men kyparen har alls inte bråttom. För henne spelar det ingen roll, säger hon, men jag vill gärna ha mitt så hårt som möjligt, och det får hon honom att förstå. Kyparen nickar och noterar, (och apelsinjuice?). Äggen kommer och Marianne tycker inte om det hon fått. Hon får inte ner en bit och hon säger att det är för löst. Men hon sa ju att det var detsamma för henne? Ja, men hon glömde sig. Hon säger att hon mycket väl visste att det var något med ägg som hon inte tyckte om, men att det var det här hade hon fullständigt glömt. Det blir på det viset att vi delar mitt ägg, och Marianne säger att det är just så hon tycker om dem.

131) Jag köper en flaska vin och frågar Marianne om hon vill ha. Det vill hon gärna, men hon säger också att hon inte är på humör för att älska (om det var det jag

hade hoppats på). Jag blir besviken och frågar varför. Nej, det är bara stämningen i den här stan som inte inbjuder till kärlek, tycker hon. Men jag är ju här, och jag inbjuder till det, säger jag. Men hon säger att sådana saker är avhängiga av så mycket (en hel rad stämningar och känslor måste slås samman i en viss situation, det kommer inte bara an på mig, även om jag i och för sig är söt nog). Det är på det hela taget åtskilligt som måste klaffa, och hon suckar (som för att säga att hon väldigt gärna vill, men att omständigheter utanför henne själv förbjuder det). Men då bör vi väl vara glada för att det på det hela taget klaffar ibland? säger jag. Ja, det menar hon absolut att vi bör vara.

132) Marianne har inga gränser när det gäller vykort. Till Ruth och Glenn skriver hon att vi har det finfint och att utsikten från Eiffeltornet var imponerande, ja, nästan skrämmande. Men du har ju inte varit där, säger jag. Det är lögn, Marianne. Men det bryr hon sig inte om. Och hon kritiserar mig för att jag alltid ska vara så präktig och sanningsenlig. Vykort är bara en lek med ord och begrepp, hävdar hon. Lite som att skriva lyrik. Sådana osanningar menar hon är oskyldiga och fullständigt förenliga med det att vara människa. Jag är chockerad. Redan det att hon använder ett ord som finfint visar att hon inte tar det hon skriver på allvar, säger jag. Och Marianne ser på mig. Säger att det nog kommer ta ett tag innan det kan bli tal om att ligga med mig igen.

133) Jag säger att jag inte vill ha något med hennes vykort att göra och Marianne föreslår ogenerat att vi kan dela på uppgifterna, på det viset att hon skriver vykort medan jag går till en automattvätt och tvättar kläder. Jag orkar inte diskutera med henne. Samlar bara ihop kläderna och går. Jag har på känn att jag ger henne lite för billiga segrar.

När jag kommer tillbaka säger hon att det här är något jag bara måste lära mig acceptera. Samliv består av en oändlig rad kompromisser, säger hon.

134) Marianne frågar om jag inte märker hur fientliga vi blir mot varandra i Paris. Jag säger jo. Och hon undrar om jag vet vad det kan bero på. Jag säger att jag inte vet (kanske vi bara är väldigt trötta?). Marianne tror att svaret ligger i den obarmhärtiga stämning en sådan storstad nödvändigtvis utstrålar. Säger du det? frågar jag, och jag tänker över det lite. Jag inser att hon möjligen har helt rätt. Vi dricker lite vin och pratar om det, och efter några få glas säger vi generösa saker till varandra och blir vänner.

Vi känner oss inte accepterade som människor på det här stället. Storstaden är sjuk som idé. Den strider mot människans instinkter och lockar fram det värsta i oss, säger vi. Och vi känner oss plötsligt ensamma (nåja, inte plötsligt, säger Marianne – hon har känt det sedan tåget körde in på stationen). Kommer till exempel någon att sakna oss om vi reser vidare? frågar hon. Jag säger att det kan jag omöjligt tänka mig. Och vi tycker det är en kvävande tanke. Att ingen behöver oss. Men vi kan ju göra lite fler saker tillsammans, föreslår jag.

Gå ut och äta eller på museum och sånt (Marianne har ännu inte lämnat hotellet). Ja, vi kan det, säger hon, men hon skulle ha gjort det med större glädje om hon visste att vi snart skulle resa vidare. Jag säger att vi gärna kan resa vidare nästa dag och hon kramar mig och säger att jag inte får känna det som någon press från hennes sida, men om jag verkligen menar det, så skulle hon bli jätteglad. Och jag menar det.

Jag häller i mer vin och vi dricker och gör reflexioner kring storstadens sjuklighet (det är underligt att det kan bo människor här över huvud taget, säger vi efter ett tag). Och plötsligt sitter vi och är överens om nästan allt.

135) Vi blir sittande och pratar länge. Mysigt. Marianne säger att det är viktigt att prata ibland. Vi sitter i den stora sängen i hotellrummet, och bägge två blir med ens istånd att säga ganska öppna saker om vårt förhållande. Jag säger att jag tycker det är märkligt att vi är tillsammans. Det har skett så fort. Nästan utan att jag förstått det eller att min egen vilja har spelat någon roll. Marianne säger att det är just sådana förhållanden som ofta blir de starkaste. Jag säger att jag tycker hon vet så mycket, men hon kan inte tackla sådana komplimanger. Blir generad och söt. Och hon berättar att jag är viktig för henne, även om hon är på det klara med att det hela ibland kan verka lite märkligt. Hon kan mycket väl förstå att jag då och då blir frustrerad, säger hon. Det gör mig glad att hon förstår.

Och vi pratar om resan. Jag säger att jag nästan har

ångrat att vi gav oss iväg, men att det går bättre nu. Hon håller med. Hon säger att hon ångrar att hon kom med idén att vi skulle stanna i Paris. Ja, det är helt klart hennes förtjänst att vi stannade här (jag hade aldrig kommit på det om inte hon hade nämnt det som en sådan självklarhet). Men nu har vi alltså kommit överens om att resa vidare, och jag frågar vart hon tycker vi ska resa. Hon menar att det inte är så viktigt. Kan vi inte bara stiga på tåget när vi känner för det? frågar hon. Jo, visst kan vi det. Och helt av sig själv (medan vi har pratat) har alla de stämningar och känslor som ska klaffa klaffat, och vi älskar där i sängen. Marianne stryker mig över håret och ned över kroppen och hon undrar om jag inte kan ta henne bakifrån. Det kan jag naturligtvis gärna göra.

Vi duschar och känner oss bättre bägge två. Och Marianne applåderar ett förslag från mig om att gå ut och äta (och kanske jazzklubb efteråt?). Hon tycker jag är så duktig på att få bra idéer.

136) Du pratar aldrig om dig själv, säger Marianne, och hon ser mig skarpt i ögonen. Jag blir överraskad. Gör jag inte? (jag är ganska säker på att hon tar fel). Och jag undrar vad hon isåfall vill att jag ska prata om. Nej, det kan inte hon bestämma, säger hon. Det måste jag komma på själv. Ingen kan hjälpa mig. Och hon säger att det annars är mycket vanligt att män har små känslomässiga blockeringar (jag är inte ensam om det). Det är för övrigt ett faktum att män är lite mer låsta än kvinnor, säger hon (ni har ju inte så lätt att öppna er

inåt mot er själva), och hon stryker mig lite över håret, tycker synd om mig, men försöker samtidig stryka under att det är kärlek med i spelet. Jaså, säger jag. Och Marianne menar att jag bör jobba lite aktivt med mig själv. Det handlar om positiv utveckling, säger hon. Man ska inte bara sitta på en stol och stagnera.

Jag frågar om poängen är att jag ska ha det bra själv, eller om det är för hennes skull hon säger allt det här. Hon blir uppgiven. Redan det att jag är istånd till att ställa en sådan fråga visar hur grundligt jag missförstått det hela, säger hon. Jag säger att jag har det alldeles bra med mig själv, att jag inte behöver någon självrannsakan för att få det bättre. Men Marianne skakar på huvudet; ja det är lätt att tro, säger hon, men tiden kommer nog att visa mig något annat. Hon menar att jag kommer att ta kraftigt med stryk den dag jag inser att hon hade rätt (och hon säger att det för övrigt är ett mycket utbrett missförstånd att tro att man har det bra, medan man egentligen inte har det).

Jag säger att jag tycker hon verkar ganska förvirrad med sina ständiga påståenden, och det sårar henne. Hon säger att det med tiden kommer att visa sig vem av oss som är mest förvirrad, och jag förstår att hon sätter en slant på att det inte är hon.

137) Jag säger att jag kan tänka mig att tillbringa kvällen ensam. Gå en promenad kanske. Vara lite för mig själv. Marianne säger att det vill hon också. Hon hade tänkt föreslå det för länge sen, och nu är hon irriterad för att jag föregick henne. Jag ska inte tro att jag har

mer lust att vara för mig själv än hon har.

Vi går en promenad var för sig. Men efter ett par timmar stöter vi på varandra i en bokhandel. Vi vet inte riktigt hur vi ska tackla det. Jag frågar om hon har lust att ta en öl, men hon tror det är en kuggfråga. Det är det inte, så efter ett tag sitter vi och dricker öl. Vi tittar lite under lugg, men så ler en av oss och då måste den andra också le. Vi är vänner igen. Resten av kvällen går vi hand i hand. Marianne fnissar flera gånger åt saker jag säger. Ganska enkla saker.

138) Vi reser iallafall inte vidare nästa dag. Nu när vi har sagt att vi ska lämna Paris är det inte så bråttom längre, säger Marianne (om det blir idag eller i morgon – vad spelar det för roll egentligen?).

139) Jag lovar Marianne att köpa en ost. En enorm supermarché med ostar så långt man kan se. Det är naturligt nog svårt att välja. Jag kastar en hastig blick på ett äldre äkta par som står en meter till höger om mig. De öppnar många askar med camembert och klämmer på osten och säger saker till varandra. De verkar skeptiska. Jag vill inte vara sämre, så jag öppnar också en ask och klämmer. Den är härlig att klämma på. Jag tar den med mig och går. Det äkta paret ser länge efter mig. Lite avundsjuka för att jag hittade en god ost så fort.

140) Vi strosar runt på gatorna och gör ingenting. Säger ingenting heller. Ett galleri. Marianne vill gå in.

Det hänger märkliga bilder på väggarna och Marianne förklarar att det handlar om samtidskonst. Flera av målningarna har tilltalande färger. En av dem är helt röd med en liten blåaktig streckgubbe som försöker fånga en jättelik blå fläck med en pytteliten håv. Det är givetvis helt omöjligt. Dessutom är det tre eller fyra gula fyrkanter i bildens hörn. Jag tycker mycket bra om den. Marianne är mer tvivlande. Hon säger att hon kan behärska sig. Undrar varför jag tycker om den. Jag säger att jag känner igen mig i streckgubben. Han försöker fånga något stort med något som är alltför litet. Det är gulligt och lite ömkansvärt. Marianne säger att ibland kan jag vara så charmerande banal. Det jag just sa, berättar mycket om mig, menar hon. Jag frågar vad det berättar, men det vill hon inte säga. Du är så underlig, säger hon. Du säger så mycket underligt. Jag frågar om hon tycker att jag är outgrundlig, men det svarar hon inte på.

141) Jag vill köpa målningen. Marianne menar att det skulle vara en dramatisk sak att göra. Språnget från att bara tycka om något, till att äga det är stort, menar hon. Naturligtvis är det stort, säger jag. Skillnaden är ju fysiskt sett enorm. Närmast oöverkomlig för tanken. Från att vara en målning vilken som helst övergår den till att vara min målning. Det är klart att det är chockerande. Men inte desto mindre vill jag ha den. Jag kunde ju ha strosat vidare bara med ett fint minne av en bild i Paris, säger jag. Det hade blivit en rolig liten historia. Men jag är inte ute efter historier. Inte alls. Om

jag köper den kommer den att bli en del av mig. Den kommer att hänga på alla mina väggar livet igenom. Kommer att bli ett vittnesbörd om en insikt jag fick på en resa en gång. Och jag säger att det för mig är viktigare att använda pengarna på sådana varaktiga ting än att leva flott och äta mig genom semestern.

Jag märker att jag har pratat en stund helt ensam. Det brukar jag inte göra. Så är det, har jag sagt. Det här anser jag. Och Marianne är tydligen överraskad över att jag insisterar på det här viset. Men så köp målningen då, säger hon (men jag ska bara inte tro att hon kommer att bära den genom Europa åt mig). Jag säger att den tanken inte ens avlägset fallit mig in.

142) Marianne frågar vad målningen kostar, och vi får höra att konstnären är ung och okänd och ganska intresserad av att sälja. Galleristen tar en telefon och får småningom konstnären på tråden. Vi ackorderar en stund. Marianne är mellanhand. Det visar sig att han är föga villig att låta målningen lämna landet. Jag säger att han gärna kan få min adress, så kan han komma och besöka mig och se på bilden när han vill (sommar som vinter). Men han tror inte att det kommer att bli något av med det. Säger att han känner till den typen av planer. Småningom säger jag att det omöjligt kan ha varit en sådan självövervinnelse för honom att måla den här bilden. Han kan väl bara måla en ny. Konstnären blir förnärmad och säger att det kan vara detsamma med försäljningen, men att vi får ha en fortsatt trevlig resa. Bra, säger jag. Adjö. Men då blir både

konstnären och galleristen nervösa och de säger några hastiga meningar till varandra. Jag får målningen. Och priset är det inget att säga om. Jag ber Marianne fråga om galleristen kan packa in den, och från telefonen vill konstnären gärna ha min adress iallafall.

143) Marianne kastar sig om min hals när vi kommer ut från galleriet. Hon tycker att jag har varit så bestämd och sexig. Hon har sett en helt ny sida av mig, säger hon, och hon gillar den skarpt. Vi går hand i hand mot hotellet och Marianne är stolt och kysser mig oavbrutet. Jag ber henne dämpa sig lite.

Och hela tiden pratar hon om hur chanslös galleristen var och om hur elegant jag tacklade honom. Marianne är övertygad om att jag inte bara överraskade henne, utan jag tog också Gud fullständigt på sängen, och jag känner att jag måste få henne att spänna av lite. Lugn nu, säger jag. Så, så.

Tillbaka i vårt rum klaffar det igen och vi tillbringar resten av dagen i sängen. Jag börjar ana vad det är som ska till för att allt ska klaffa för Marianne.

144) Vi ser ett skyltfönster med många räknemaskiner. Av outgrundliga skäl blir vi stående ganska länge och betraktar dem. Jag föredrar en av de allra billigaste. Marianne menar att det bara är intellektuellt hyckleri från min sida. Det är det inte. De andra är ju säkert mycket bättre, säger hon. I varje fall är de större, säger jag. Alldeles säkert bättre också, menar Marianne. Bra, men jag tycker om den lilla och billiga iallafall. Hon

menar att det inte går för sig, rent logiskt sett. Om någon köper den som jag gillar, är det uteslutande på grund av priset, påstår hon. Jag säger att nu är det hon som är læstadian. Hon måste väl kunna öppna sig för tankens och estetikens nyanser lika mycket som för språkets. Hon tänker en stund. Så frågar hon vad jag skulle ha använt den till. Nej, jag skulle nog bara ha haft den stående. Men antag att jag verkligen behövde en räknemaskin? (antag att jag var bokhållare). Jag medger att det då hade varit en annan sak, men att det strängt taget inte är det vi pratar om.

Marianne säger att vi använder allt för mycket tid till diskussioner som den här och jag säger att jag gillar det. Om man studerar livet tillräckligt länge så kommer man att komma fram till att det är sådana enkla saker det handlar om, säger jag. Marianne fnyser och säger att jag är för ung för att ha studerat någonting över huvud taget länge nog. Jag säger att om jag får leva tills jag blir åttiofem, så tror jag ändå att det är det som kommer att bli konklusionen. Och Marianne säger att vi får vänta och se, och jag visste att hon skulle säga det.

145) Marianne ser en död fågel under en parkerad bil. Hon blir helt utom sig (stackars, stackars). Jag frågar om hon blir upprörd därför att fågeln är död, eller därför att den är död och ligger under en bil. Hon säger att jag är okänslig. Men det är jag inte. Jag säger att jag också tycker det är trist att se. Hon frågar vad jag vet om hur det är att vara fågel i Paris (och hon utgår från

att jag vet föga eller ingenting om det). Jag är arrogant och kall, menar hon. Men jag tycker hon är orättvis, och om hon vill veta det så tror jag inte det går någon nöd på fåglarna i Paris. Det bor flera miljoner människor här, säger jag, och jag tvivlar på att alla har möjlighet att ge kärlek till andra. Följaktligen är det många som vänder sig till fåglarna med sitt ömhetsbehov (det franska brödet får man ju hur som helst kasta efter ett dygn). Marianne stoppar fingrarna i öronen och säger att hon inte vill höra på sånt snusförnuftigt prat. Hon är rörd, och jag borde ha låtit henne vara i fred med sin sinnesrörelse. Jag säger förlåt.

Efter en liten stund frågar Marianne om jag verkligen tror att så är fallet att fåglarna i stort sett har det bra i Paris. Och det tror jag. Hon säger att det hjälper en smula att tänka på det. Men det är ändå lite synd om den döda fågeln under bilen. Det tycker jag också. Det är lite synd om alla döda fåglar, säger vi.

146) Plötsligt berättar Marianne att hon haft födelsedag. För några dagar sedan. Jag reagerar lite över att hon inte har sagt något, men hon säger att hon inte tycker om att fira att tiden går. Hon tror att den som uppfann födelsedagskalasen gjorde det för att vi inte ska tänka på att vi blir äldre (något som man annars lätt gör på sin födelsedag). Mitt i all sången och med munnen full av kex är det svårt för melankolin och ångesten att etablera sig, menar Marianne.

Om hon ändå går omkring och tänker på allt detta kan hon väl lika gärna köpa sig en tårta och ett par presenter, säger jag. Men det håller hon inte med om. Och hon säger att det måste ha varit en ondsinnad liten djävul som kom på födelsedagsidén. Jag försvarar honom och säger att han säkert menade väl.

147) Ingen av oss kan sova på natten. Vi älskar flera gånger, men får lägga av när bägge tillstår att vi gör det för att bli utmattade och sömniga.

Så märkligt det är egentligen att vi bara kan resa vart vi vill när som helst, säger Marianne. Jag tycker inte det är alltför märkligt, men kanske om hon förklarar för mig lite närmare...

Hon menar att vi bör tänka på hur det var för bara hundra år sedan, eller femtio (för den delen). En resa som den vi nu är på var närmast en omöjlighet. Jag säger att jag förstår. Nu kan vi bara sätta oss på ett tåg, säger hon drömmande. Ja, och så kör det i över hundra kilometer i timmen och tar oss med nästan vart vi vill, säger jag. Marianne menar att det inte har någon betydelse hur fort tåget går. Det intresserar henne inte. Jag menar att det mycket väl kan tänkas betyda något även om det inte intresserar just henne och det håller hon såtillvida med om. Men det viktigaste är att man vet när tåget ska gå, och när det ska vara framme. Då kan man ställa in sig på att tillbringa ett visst antal timmar på tåget, och man kommer att veta att resan inte kommer att vara i evighet, säger Marianne. Jag har inga invändningar. Men för att ett tåg ska kunna komma fram på det angivna antalet timmar måste det ju köra med en viss fart, säger jag. Ja, men det är en teknisk fråga och helt oviktig i Mariannes sammanhang (om bara hon får veta tid för avresa och ankomst, så kan tåget köra så fort det vill under tiden däremellan). Det kan väl tåget inte, insisterar jag. Det håller ju den fart det måste för att kunna komma fram vid den fastställda tidpunkten, eller snarare: ankomsttiden vi får uppgift om är bestämd av tågets fart. Jag har blivit ivrig nu. Men Marianne faller lite ut ur diskussionen.

Hon säger att jag är hopplös, att det att diskutera med mig alltid får henne att känna att det ligger något större under. Något som berör yttergränserna för vad vi är istånd att förstå. Säger Marianne. Men hon menar att detta (dessvärre) är helt oavsiktligt från min sida. Det ska hon inte vara så säker på, säger jag. Och jag antyder att hon borde göra ett försök att flytta sina yttergränser, så att avståndet mellan dem blev större.

148) Vi ser två gamla människor som går av metron. Ett gammalt par. De har alltid känt varandra. Hopkrökta av ålder bägge två. Han öppnar dörren och går först ut. Två tre steg. Så vänder han sig till höger. Vänder hela kroppen. Det är länge sedan han bara kunde vända på nacken. Han vänder sig och konstaterar med en kort blick att hustrun följer honom. De går bort mot en trappa. Hon hela tiden två steg bakom. Lite till höger. Och i handen bär han en liten påse.

Jag ser på Marianne. Hon på mig. Vi ser på det gamla paret. Metron börjar åka, och ingen av oss är istånd till att säga någonting.

149) Marianne vaknar och tycker det är lite synd att jag inte är neger (hon har sett så många stiliga negrer i Paris, säger hon). Jag säger att det dessvärre inte är något jag kan göra något åt och det förstår hon mycket väl. Om några saker bara är som de är, säger jag, så måste detta vara en av dem. Marianne håller med. Och hon klandrar mig inte, säger hon. Inte alls. Men det måste väl vara tillåtet att drömma. Ja, givetvis, säger jag.

Och jag föreslår att hon i mörkret kan låtsas som om jag är neger (det är ju bara vi två där ändå). Men det tycker inte Marianne är en bra idé. Hon tror det kunde bli en dålig vana att lägga sig till med.

150) Jag fäster min målning bakpå ryggsäcken med ett rep. Så tar vi tåget. Vi säger att det inte är så viktigt vart vi ska. Marianne vill att vi ska gå av när vi känner för det. På vilken som helst station? Nej, det blir ingen vilken som helst station, säger hon, för när man följer sin intuition blir det alltid bra. Jag frågar om vi ska följa min eller hennes intuition. Vem vet om vi inte kommer att känna detsamma, säger hon. Ja, vem vet.

Marianne läser. Jag packar upp målningen och ser på den och tycker det är bra att jag köpt den. Den kommer alltid att vara min. Marianne har också börjat tycka om den nu. Hon säger att det är en fin målning. Fin att se på.

151) Jag säger att jag håller på att bli trygg i det här med att resa. En bra känsla. Vi har inte just börjat, och inte ska vi snart vara hemma igen heller. Vi är helt inne i det. Mitt i skogen på nåt sätt. Vi kan verkligen säga att vi är på resa. Marianne menar att jag är alltför uppta-

gen av vad vi kan säga till andra. Jag måste glömma de andra. Målet måste vara att leva som om vi inte skulle berätta något som helst för någon, säger hon. Jag förstår inte varför (och Marianne förklarar det inte heller för mig). Jag tycker ändå att det är en fin känsla att ha, och jag säger att jag alltid tycker bäst om saker när jag är mitt i dem. Det kan vara fint att börja eller sluta, säger jag, men det är bättre att vara igång med något. Marianne säger att det är en olycklig hållning att ha. Jag måste passa mig så jag inte värderar allt efter dess placering i förhållande till mitten. Då blir ju allt före och efter mindre bra, varnar hon. Och det kan låta lite som om hon har rätt. Men jag tycker ändå att det är svårt att ge upp min känsla.

Vi är tysta en stund. Så frågar hon vad jag tänker på. Jag tänker på det vi just pratade om. Men vi har det ju ganska bra, säger jag, och det tycker Marianne också att vi har. Så då har vi det.

152) Jag somnar på tåget. Det blir natt och nästan alla sover. Men Marianne läser fortfarande. Jag vaknar då och då av något som bullrar och då ser jag att Marianne sitter med en bok i knät. Jag frågar om hon läser väldigt långsamt. Nej, det gör hon inte (i skolan var hon en av de snabbaste). Jag säger att jag gott kan tänka mig det.

Jag tror att det kanske fortfarande är samma bok, men då skrattar Marianne och tycker att jag är gullig och naiv och säger att det naturligtvis är en ny bok. Det är kanske två dagar sen hon läste ut den förra.

Men den liknar den? säger jag. Ja, det stämmer. Den liknar. Jag sover vidare.

Plötsligt väcker Marianne mig och ber mig ta på ryggsäcken. Själv har hon redan satt sina väskor vid utgången, och har packat in min målning och fäst den lika omtänksamt som jag själv skulle ha gjort. Här ska vi av, säger hon. Ska vi? Ja. Var är vi? Nej, det vet hon inte. Hon bara känner att vi är önskade här. Att det är någon som väntar på oss. Vi stiger av.

153) Det är inte en människa på perrongen.

154) Jag blir irriterad och säger att hon har tagit fel. Det är ingen som väntar på oss. Och jag blir inte vänligare av att tåget far vidare. Marianne sträcker på sig och drar in nattluften och säger att det var hit vi skulle. Detta är resans mål. Och hon stryker mig nedför kinden och säger att jag bör raka mig, säger att det måtte vara jobbigt att leva livet så konkret som jag gör. Det är stämningen hon letar efter, förklarar hon. Och den har hon funnit här. För henne är det som om någon har mött oss. Hon känner det tydligt, och om inte jag också kan känna det om jag känner efter ordentligt? Jag måste säga nej. Nehej, säger hon, och menar att då får jag bara lita på henne. Jag säger att hon inte lämnar mig något val, och Marianne säger att inte heller hon känner att hon har något val (hon bara följer ett slags kraft i henne själv).

Men då blev det ju hennes intuition vi kom att följa, säger jag. Ja, det blev det. Men hon menar att det hade varit meningslöst att vänta på min intuition. Vi vet ju inte ens säkert om jag har någon.

155) Marianne föreslår att jag bara ska sova vidare medan hon går en tur och orienterar sig. Jag är för trött för att säga emot henne. Rullar ut sovsäcken på en bänk och somnar.

156) Marianne väcker mig och berättar om ett värdshus hon har fått höra talas om, och det kom i dagen att det inte finns bussar på det här stället. Men hon har mat. Härligt bröd och ost och yoghurt. Hon frågar om jag tycker det är i sin ordning att vi går den lilla biten ut till värdshuset. Jag nickar. Och för första gången under resan hör vi fåglar som sjunger.

Jag går på toaletten på järnvägsstationen och pissar. Rakar mig medan jag nynnar lite på Åkken Bom. Och om Marianne hade frågat, så skulle jag inte ha förnekat att jag tycker vi har kommit till ett charmerande ställe.

157) Vi börjar gå. Turas om att bära Mariannes resväskor. De är inte alls så tunga som jag har trott. Jag frågar vad hon har i dem och hon säger att det mest är trosor. Och vad väger en trosa? undrar jag. Men det vet inte Marianne. Det är långt att gå och jag säger det till henne. Att jag tycker det börjar bli förfärligt långt. Marianne nickar bara. Vi ska vara glada för att det inte är sommar och åtskilliga värmegrader, säger hon. Jag säger att det måste vara tillåtet att klaga över en situation utan att man absolut måste tänka på vad som kunde ha gjort

den värre. Allt kan alltid bli värre, säger jag, men det är inte alltid det är meningsfullt att tänka på det. Och dessutom har jag inte sagt att jag tycker alltihop bara är besvärligt. Det är på det hela taget ett ganska anspråkslöst klagomål jag har kommit med. Så pass måste hon kunna acceptera. Marianne säger att jag har en tendens att följa små tankar alltför långt. Det är jag, inte hon, som bestämmer vad som är för långt eller för kort när det gäller mina tankar, säger jag. Vi undviker varandras blick ett tag. Fortsätter att gå. Vägen vi följer ser ut att vara en lång väg.

158) Vatten från en bäck. Jag är skeptisk, men Marianne fnyser och frågar om jag tror att det bara är i Norge man dricker vatten. Vatten är vatten, menar hon, och jag kan ju inte gärna säga att det är något annat. Jag är dessutom mer törstig än skeptisk.

Det irriterar mig att jag ser ut att vara mer medtagen än Marianne. Hon bara ler och tycker vi har en fin promenad. När det mörknar, sätter vi oss i gräset och vilar, och jag märker med lättnad att också Marianne är en aning medtagen och irritabel nu. Griniga bägge två. Det är bättre. Jag slipper låtsas att det inte är något, som om hennes förnöjda stämning fyller oss bägge. Vi går och det blir mörkt och ingen av oss ser till något värdshus. Jag börjar tvivla. En fortlöpande diskussion framväxt ur ett gemensamt tvivel om vägen. Antag att Marianne har missförstått beskrivningen? Eller att vi har blivit lurade. Vi säger att det skulle vara tråkigt, och bägge två tycker att det börjar bli logiskt oförsvarligt att det skulle ligga ett värdshus här ute.

Jag blir uppgiven och frågar vad det egentligen är vi håller på med. Marianne säger att hon inte vet. Vi sätter ifrån oss allt bagaget och håller om varandra i flera minuter, och jag hoppas att Marianne ska vara lite rädd för mörkret eller för ljuden som kommer från träden (eller för vad som helst). Men hon är inte alls rädd.

Det är väl ingen av oss som vet vart det här bär, säger Marianne. Nej, det är väl inte det, säger jag. Men hon tror ändå att vi kommer att fortsätta, säger hon. Ja, det är väl så det blir, säger jag.

159) Vi vaknar i ett stort vitt rum med fönster mot en hage. I grannrummet står en telefon och ringer på måfå. Ingen svarar. Det blir tyst. Så ringer den igen. Länge, (man vet ju aldrig om man ringde det rätta numret första gången). Men så blir det alldeles tyst. Och vi ligger och dåsar och ler och flätar våra fingrar i varandra. Marianne ringer ned till receptionen och beställer frukost på rummet. Jag nickar och ler. Berömmer henne för detta goda initiativ. Så säger jag till henne att hon har jättefina bröst. Hon ler och vi tar lite på dem tillsammans. Hon visar mig vad hon tycker känns skönt och jag lägger det på minnet. Vi tar mer på hennes bröst och det hela urartar.

Någon knackar på dörren och säger att frukosten är klar. Marianne ropar att de bara ska sätta den utanför. Jag är uppslukad av situationen och har mest lust att låta frukost vara frukost. Men nej. Vi finner den på en stor bricka och äter långsamt, liggande i sängen. Om jag känner det nu? undrar Marianne (den där känslan av att vara önskad – som om det här rummet har väntat på oss hela tiden). Jag är osäker på om hon menar att jag ska försöka inbilla mig att det är så (för det kan jag lätt göra), eller om hon menar att det verkligen är så – att rummet på något sätt visste att vi skulle komma. Det visar sig vara det sistnämnda hon menar. Hon bemödar sig att förklara det för mig. Och om vi inte hade kommit, så hade inte heller det här rummet varit här, säger hon. Det hade inte behövt existera. Jag tycker det är underligt att tänka på. Men fint också. Och det säger jag till henne.

Jag somnar igen. Och när jag vaknar vänder jag mig mot Marianne och vill locka henne med på något sexuellt. Men hon är inte där.

160) Jag finner henne i trädgården. Hon har tagit på sig en blå kjol och hon sitter på en gunga och ler. Jag undrar varför hon sover så lite och hon svarar att hon aldrig har känt sig mer vaken och pigg. Jag tycker det är lite orättvist att jag måste sova när hon slipper, men hon lugnar mig med att säga att det säkert blir min tur att vara vaken en annan gång.

161) Jag beställer forellmiddag åt oss till klockan fjorton. Jag vill att det ska bli en överraskning, men lyckas inte hålla mig. Marianne blir sträng och menar att jag ska ge fan i att tro att jag vet vad hon vill ha till middag. Det är onödigt elakt sagt och hon inser det strax. Hon ändrar sig igen och klappar mig och säger att det säkert blir gott. Att hon dessutom är ganska hungrig.

162) Medan vi äter frågar jag Marianne om hon brukar följa med uppmärksamt när jag pratar med henne. Det är klart hon gör, säger hon. Och jag frågar vidare om hon kommer att skriva ner det om jag en dag skulle komma att säga något genialt, något oförglömligt som andra människor förtjänar att höra. Kan jag lita på att hon kommer att notera det? Föra det vidare? Marianne rycker på axlarna och frågar om jag planerar att säga något sådant, är det därför jag frågar? Nej, säger jag, jag planerar det väl inte just, men man vet ju aldrig. Marianne ler och ruskar på huvudet och säger att hon knappast kommer att skriva ner något av det jag säger. Jag bör hellre notera det själv, menar hon. Jag påpekar att det inte blir riktigt detsamma. Något av charmen med att bli citerad kommer antagligen att försvinna om man själv har skrivit ner det, säger jag. Hon rycker på axlarna – en bedrövlig gest i mina ögon. Jag sitter och försöker övertala henne en stund, men Marianne följer inte med längre. Det finns saker som tyder på att samtalen närmar sig slutet.

163) Marianne hänger upp målningen på vårt rum. Jag ser det när jag vaknar en morgon, och jag frågar om hon har tänkt att vi ska stanna länge på pensionatet. Hon nickar. Säger att för henne är detta resans mål. Bättre kan hon inte ha det. Jag känner mig lite åsidosatt och ger uttryck för det. Nej, det kan hon inte förstå med sin bästa vilja. Jag känner det oavsett hur god hennes bästa vilja är, säger jag, och jag anklagar henne för att göra upp planer bakom ryggen på mig.

Marianne säger att hon inte hade väntat sig någon förståelse från min sida, men att bortsett från det så är det här målet för vår resa (och om jag inte känner det, så får jag, som sagt lita på henne).

Hon använder oärliga metoder, säger jag. Det sårar mig att jag inte deltar i hennes planer (bara för att jag inte har intuition). Och jag rör mig från att vara sårad till att bli mer förbannad. Säger att jag kan komma att resa ifrån henne. Det är med glädje jag noterar den effekt detta har på Marianne. Hon ryggar lite. Överraskad av mitt utbrott. Och hon kommer dragande med en turistbroschyr från det lokala turistkontoret. Visar mig allt man kan göra i området. Det är strängt taget inte mycket. Ser jag ut som en som går på jakt? frågar jag. Marianne drar lite på svaret. Hon vet visst inte riktigt. Det är inte säkert att hon har sett så många jägare.

164) Jag går en runda i skogen. Lövskog utan löv. Jag ser något som med lite god vilja kan vara en hjort. Ser också några fåglar. Jag tänker positivt, och när jag kommer tillbaka säger jag till Marianne att jag har haft en jättefin promenad.

165) Marianne somnar tidigt och jag tar en liten promenad. Efteråt sätter jag mig tillsammans med värdshusets innehavare och ser bob-sleigh på TV. Han serverar drinkar och är övertygad om att jag är tysk. Jag lyckas inte förklara för honom att jag inte är det (delvis på grund av språkproblem och delvis därför att jag inte vill göra honom besviken). Han pratar och pratar och

säger att han tycker tyska är ett svårt språk. Småningom går jag till sängs och vaknar inte förrän sent nästa dag.

166) Marianne berättar att hon inte alls hade det bra kvällen innan. Jag säger att jag trodde hon sov. Men det gjorde hon inte. Hon hade vaknat och gråtit länge, säger hon. Tänkt på sin far och på att hon tycker det är så dumt att vara vuxen. Jag tycker synd om henne och säger att jag förstår hur hon har det. Jag vill trösta. Men jag skulle varit där igår och tröstat, säger hon. Nu behöver hon det inte längre. Jag skulle förstått henne igår.

167) Innehavaren förstår äntligen att vi är norrmän. Han har mycket till övers för norrmän, säger han. Lite dumt att han inte har förstått det tidigare. Och det visar sig att han pratar engelska bra. Han skulle ha pratat engelska från första stund, säger han. Men han tog inte risken. Han är för finkänslig (tyskarna pratar i allmänhet en avskyvärd engelska, menar han, och han har inte velat såra genom att provocera fram vår dåliga engelska). Orsaken till misstaget är att Marianne pratar lika usel franska som de flesta tyskar, förklarar innehavaren. Men nu är alltså saken upptäckt och vi dricker te och är vänner.

Vi blir inviterade på middag och måste berätta om Norge och havet och det finns inte en sak beträffande vårt land som innehavaren låtsas vara okunnig om (stämmer det förresten att våra flickor är så frigjorda?

Och hur är det med älgbeståndet?) Och han berättar att det bor en svensk överste med astma inte långt från värdshuset, och om vi vill kan vi få låna hans bil. Han lovar att ringa översten vid första tillfälle, ja, han kan förresten göra det genast. Vi hör honom slå ett nummer och prata. Han skrattar och är kompis.

Marianne ser frågande på mig. Om jag kan tänka mig att besöka den här översten? Det är inte så viktigt för mig, säger jag. Men Marianne menar att det skulle vara ofint att avslå erbjudandet när innehavaren nu sätter igång så mycket. Hur fin ska man vara? frågar jag.

168) Jag rullar ner fönstret på min sida och röker lite ut genom det. Marianne kör. Fem mil, har innehavaren förklarat. Det är varmt i luften och vi ser många fåglar. Såna som det är tillåtet att skjuta på. Men vi har inte något gevär. Det skulle ju också bara ha varit för syns skull. Ändå är det lite synd. Marianne skulle säkert ha tyckt att jag var tuff med gevär. Det kunde bara ha legat i baksätet och gjort mig tuff utan att jag ens behövde röra det. Jag kunde ha visat det för översten och fått lite lättköpt goodwill. Vi kunde ha pratat om jakt och varit överens. Nåja. Men vi har alltså inget gevär. Jag blåser ut rök genom fönstret.

Vi säger att det går lite upp och ned med oss. Jag frågar Marianne om hon har blivit något mer förälskad i mig. Hon svarar att det är mycket möjligt, men att det är svårt att säga så exakt. Och vi pratar om flickor och pojkar som vi har varit tillsammans med tidigare. Marianne är lite ovillig att säga så mycket. Jag får dra det ur henne. Var det så sist hon var förälskad? undrar jag. Hade hon det lika skönt? Hon säger att det inte är så lätt att säga. Och för att vinna tid tar hon den där om att alla människor är olika, osv. Jag säger ja, ja, att jag vet. Och jag frågar om hon till exempel skrattade mer tillsammans med sin förra pojkvän. Men vad är egentligen skratt? säger Marianne.

Men allt som allt, fortsätter jag, och visar med händerna, ett avstånd på ungefär trettio centimeter från den ena handflatan till den andra. Om det här är så bra som du har det med mig, säger jag, hur bra hade du det då med den förra. Och jag fortsätter att hålla händerna så (som när man berättar om fisk man en gång fiskat), för att låta Marianne studera avståndet utan att förhasta sig. Hon tänker sig för. Ja, då hade jag det ungefär så här bra, säger hon och visar med händerna. Jag böjer mig mot henne för att mäta, men då drar hon händerna till sig och griper ratten igen. Jag uppfattade det inte, säger jag. Och det är nästan omöjligt att säga om avståndet hon visade mig var större eller mindre än det jag visade. Då har du det med andra ord lite bättre tillsammans med mig? försöker jag. Marianne svarar inte på det, men frågar om jag är rädd för att inte få den kärlek jag behöver. Kanske det, säger jag. Hon säger att jag är som ett litet barn. Och om så vore? frågar jag.

169) Vi kör genom en spikrak allé. Högst upp på en sluttning ligger en slottsliknande gammal herrgård. Avskalad, vit mur. Det verkar överraskande stort när vi

kommer närmare. Trädgården är full med träd, men inget av dem har blad nu. Inga blommor heller. Men gräset är nästan helt sommargrönt. Här bor alltså översten. Med sin trettiofem år yngre fru. Det var våldsamt, säger Marianne. Och det finns inget annat att göra än att nicka bekräftande.

170) Jodå. Vi ska bara kalla honom Kalle. Alla kallar honom Kalle (vi ska bara inte tro att det är något speciellt med oss). Han är en jovial jävel, och hans fru heter också Marianne. Vi tycker alla att det är lustigt att de två kvinnorna har samma namn. Besöket får en bra start endast och allenast av den anledningen.

Om vi haft en fin biltur? Jo, tack. Fin.

171) Vi blir visade till bords och översten säger att när man är så gammal som han, blir måltiderna väldigt viktiga. Något av det viktigaste faktiskt. Han hatar att gå miste om en måltid, säger han. Och vi äter. Det är trevligt att ha någon att prata med, säger översten. De får sällan besök vid den här tiden på året. På sommaren strömmar det ju till med familjen och så från Sverige. Och vänner (vi får inte tro att de inte har vänner). Ja, ja, lite färre besök har det kanske blivit sedan han gifte sig på nytt, säger han. Men det är ändå mer än nog. Så vi är på resa alltså? Jag säger att det stämmer. Översten ber mig tala lite högre. Han hör dåligt på det ena örat (något helvetes membran som inte ville sluta sig efter ett litet ingrepp för några år sedan. De sluter sig hos alla andra, men hos honom vill den inte, den satan).

Om jag jagar? Jag säger ja, att jag har gått en del i skogen runt värdshuset (utan att finna något värt att skjuta). Ja, det är så in i helvete med småfågel, säger översten. Själv jagar han inte längre, (men vi skulle varit här för femton år sedan, det var då det hände saker. Bara skratt och ungdom och jakt hela tiden). Då sköt han på det som fanns, säger han. Smått och stort. Nu ser han inte längre det små, och det stora bara om det är på nära håll, och det håller ju inte. Nej, vi är alla överens om att det inte håller.

Och han talar om sin astma. Han tycker inte om den och han håller en gaffel mot sitt bröst och hotar sina egna lungor. Hade det inte varit för de här hororna till bronker, säger han och är aggressiv. Men Marianne dämpar ner honom och häller i lite mer vin. Men det är ju mycket bättre här nere än det är i Sverige, säger hon. Och översten nappar på tråden. Ja, oändligt mycket bättre, en sån härlig luft också. Och milda vintrar. Han simmar i sin uppvärmda bassäng, berättar han. Håller sig i utmärkt form. Han klappar sig på magen och eftersom ingen av oss gör det, kommenterar han själv att hans mage är tämligen liten.

Jaså, har ni simbassäng? säger jag.

172) Översten drar sig lite tillbaka efter måltiden men de försäkrar oss att allt står till vår disposition. Jag lånar ett par badbyxor och ett bälte. Marianne sätter sig i en mjuk stol vid bassängkanten. Drar en stor pläd över sig. Bassängen har ett hopptorn med svikt på tre höjder. Jag utgår från att Marianne tror att jag är i mitt

esse, så jag kan lika gärna gå till den högsta avsatsen först som sist.

Marianne säger att jag är en duktig simhoppare och jag säger tack. Jag hoppar igen och gör saker i luften som Marianne tycker är kul. Hon har roligt åt mig, och jag tycker om tanken att det är jag (och inte någon annan) som underhåller henne. Kanske har jag lite svårt att inse när det är nog, så det blir Marianne som till slut måste säga att nu är det väl snart nog. Hon gör det skonsamt. Förklarar det som ett råd för att hindra förkylning (tycker jag inte att det börjar bli kallt?).

Konsten är att stoppa själv, just innan hon ska till att säga att hon inte orkar mer, tänker jag. Eller möjligen medan hon fortfarande har lust att se mig hoppa *en* gång till. Det ska jag göra nästa gång. Låta henne sitta där med en otillfredsställd lust att se mig ännu en gång, med en känsla av att det kunde ha fortsatt. Men så gick det alltså inte den här gången.

Jag sitter på gräset vid sidan av hennes stol. Hon har packat in mig i en badhandduk som också är en svensk flagga. Marianne sticker in sina fingrar i mitt hår och gör små testar och tovor som hon löser upp igen. Vi ser på vädret. Att det är ganska fint.

173) De bägge mariannen pratar med varandra. Promenerar i trädgården med stora sjalar över axlarna. De slår sina huvuden ihop. Jag undrar lite vad de pratar om. Det förvånar mig hur fort kvinnor kan finna varandra.

Jag sitter och dricker drinkar med översten. Män

emellan. Det är antagligen något helt annat, tänker jag. Jag svarar lugnt på hans frågor och inte slår vi våra huvuden ihop och inte pratar vi om sexhjälpmedel. Marianne och jag är bara på semester, säger jag. Nej, vi är inte i affärer. Ren nöjesresa, med andra ord? säger översten och rister lite väl talande i bordet. Efteråt gör han också andra, motsvarande rörelser. Jag nickar och förstår att här skulle det passa bra med ett kort och bullrande skratt. Jag kan inte få mig till att kalla honom Kalle.

174) Vi blir tillfrågade om vi kunde tänka oss att övernatta hos översten (så får vi hela kvällen tillsammans). Det tycker de skulle vara trevligt (så kan vi ju dricka några glas, säger översten). Nåja, vad den saken anbelangar så kan vi gott dricka först och köra efteråt (alla gör det här i trakten, hävdar de). Vi vill gärna stanna, säger vi tvekande, men vi är osäkra på om innehavaren behöver sin bil. Översten ringer och får snabbt reda på att vi lugnt kan ha bilen i några dagar. Då stannar vi här i natt då, säger vi.

Vi sitter till bords i många timmar. Äter hela kvällen. Rätt efter rätt. På pyttesmå fat. Delikat är det. Och översten säger att han uppskattar mat. Vi pratar lite om Norge, om Sverige och om såna saker som alla vet något om. Jultraditioner. Överstens Marianne talar en hel del om jultraditioner. Att det inte blir detsamma här nere. Nej, det blir väl knappast detsamma, säger jag, och Marianne låter bli att fråga varför det absolut måste bli detsamma. Översten säger att Sverige bara är skit och att han aldrig vill tillbaka. Han antyder rentav att det är lite synd om oss som inte ska vara här nere jämt. Min Marianne säger att hon inte kan tänka sig att bo någon annanstans än i Norge, men översten låtsas att han inte hör vad hon säger. Istället låter han hämta mer vin och han säger att vi inte får glömma att påminna honom om att han ska visa oss vinkällaren innan vi far. Överstens Marianne ser varmt på mig vid en tidpunkt och jag kan inte låta bli att undra vad som får en vacker kvinna som hon att gifta sig med en man som översten. Vad vet jag, kanske har hon astma hon också.

175) Vi dricker ett vin som är äldre än vi. Det känns märkligt. Översten säger att vi bara ska dricka och att det finns mer där det kommer ifrån. Jag sitter och gläder mig åt att få sova i detta flotta, gamla hus. Vi får säkert ett flott rum där vi kan vakna nästa dag och kanske älska. Och jag gläder mig åt att göra några hopp från trampolinen före frukost.

Översten frågar plötsligt om vi ska spela ett parti schack. Jag säger nej, men jag säger det för lågt och brädet står redan på bordet framför mig. Han bjuder mig en cigarr och säger att jag kan välja färg. Jag väljer vit och efter några minuter låter översten mig förstå att han väntar på att jag ska flytta. Han säger att han inte har något emot att ett parti tar tid, men det första draget skulle väl ändå vara någorlunda lätt. Han misstänker mig för att vara en riktig lurifax till schackspelare, säger han. En riktig ringräv. Han känner såna som mig, men han låter mig samtidigt förstå att han nog har ett och annat trix på lager själv. Vi koncentrerar oss.

Jag hör knappt Marianne prata i bakgrunden. De lyssnar till någon klassisk musik och de säger att den är vacker. Jag flyttar pjäserna helt på måfå. Fullständigt utan plan och mening, och utan att ta hänsyn till överstens drag. Först säger han ingenting. Vet väl inte om jag är unik eller om jag är en ren bluff (det vet man ju aldrig). Men efter hand inser han att han spelar med en imbecill. Han testar mig några gånger (utan att jag märker det). Så sätter han mig raskt i schack, därefter i matt. Jag är chanslös. Men han gör inte något nummer av det. Han hade väl på känn att det skulle vara en katastrof för honom att inte vinna. Vi säger godnatt.

176) Marianne lägger sig inte samtidigt som jag. Hon vill hellre sitta uppe och prata med överstens Marianne. Jag är lite svartsjuk, men inte mer än att jag lyckas somna efter en stund. Jag tänker att jag ska stiga upp långt före henne nästa morgon. Inte vara där när hon vaknar och vill berätta för mig vad hon har drömt. Det skulle vara rätt åt henne. Jag inser det småskurna i denna plan, men medan jag somnar registrerar jag att det inte bekymrar mig.

177) Och jag stiger upp tidigt. Rusar nedför trappan och ut. Översten överraskar mig. Jag ser honom stå ute på planen i bara pyjamasen. Han håller på med övningar. Ser ut som något orientaliskt. Kanske är han inte så borta som jag har trott. Jag drar på mig bad-

byxorna och spänner bältet. Hoppar några gånger från den översta avsatsen. Det är härligt. Och jag simmar i det varma vattnet. Blir kvar där länge. Gruvar mig för att komma upp. Luften är disig och kall och hela landskapet är präglat av att det är tidig morgon.

Översten kommer mot mig. Han är färdig med sitt program. Han säger att jag är en duktig simhoppare. Jag säger tack. Han upprepar att nej, jag borde ha kommit för femton år sedan. Då skulle jag fått se på simhopp. Jag berättar för honom vad jag gjorde för femton år sedan och han spärrar upp ögonen och frågar om jag verkligen inte är äldre än så. Nej, då är det inte så illa för mig, säger han. Jag har livet framför mig. Det hade väl han också en gång, säger jag. Ja, han hade det. Men inte nu längre. Nej. Och vi skakar lite på huvudet tillsammans.

Jag frågar om han har ett par simglasögon. Nej, det har han inte. Och han säger dessvärre. Nåja, det är inte heller så himla viktigt, säger jag. Och jag förklarar att mina egna ligger i kappsäcken på värdshuset. Jag kunde ju inte veta att översten hade simbassäng. Nej, det kunde jag inte veta.

Det är det som är så förbannat, säger översten. Han står vid bassängkanten och jag är i vattnet. Jag stöttar armbågarna mot marmorkanten just vid hans ben och jag frågar vad det är som är så förbannat. Han svarar inte med en gång. Letar efter orden. Lite hjälplös. Så säger han något. Säger att människan i bästa fall lever i sjuttio eller åttio år. Jag nickar. Vi föds, fortsätter han, lär oss det nödvändigaste och använder det en tid. Vi blir duktiga, blir stora och vuxna och gamla. Och just när vi börjar att begripa något, när vi håller på att få grepp om allt det här... (han slår ut med armarna), just då... ska vi inte få använda det längre. Vi blir tysta bägge två. Jag nickar att det är som fan.

Ta nu till exempel kärleken, säger han (jag nickar ivrigt och tror ett ögonblick att jag kan byta till mig sjuttio års erfarenhet, vid en bassängkant, tidigt en morgon, i dis), det är inte förrän nu de allra sista åren som han har börjat förstå ett och annat om kärleken. Förstå vad då? försöker jag. Men han svarar inte. Säger bara att han så småningom har lyckats lägga ihop två och två, och att om jag frågar honom igen om ett år, så är det inte ens säkert att han är här för att svara mig.

Det är det som är så förbannat, säger han. Det är det som är så in i helvete förbannat.

178) Översten säger att han börjat tänka på det här för inte så länge sedan. Det chockerar honom, säger han. Brutaliteten i det hela. Och inte har han varit utpräglat religiös heller (han ser snett på mig som för att ursäkta sig). Jag väntar mig inte allt här i världen, säger han. Av vad? frågar jag. När jag försvinner, svarar han. Men att tro att han går till totalt mörker och ingenting, tycker han är lite svårt. Jag nickar att jag håller med. Men det behöver inte vara så mycket bättre, säger han. Han skulle vara ganska tillfreds med en lösning som bara är lite grann bättre än totalt mörker och ingenting. Vad skulle det vara? frågar jag. Nej, han vet inte. Bara någonting. En ljusglimt, ett ljud då och då. Han vet inte.

Vad som helst egentligen. Inte allt här i världen. Något litet.

Jag tänker ett ögonblick säga att han inte ska ta det så hårt, att det säkert kommer att ordna sig, men jag låter bli. Det finns gränser.

179) Översten går upp mot huset. Jag tänker på morgonen. Att den är något helt annat än kvällen och natten. Människorna blir annorlunda. Alltid lite mer ensamma på morgonen. I den kalla och fuktiga luften. På kvällen är man tillsammans. Dricker vin och cognac och spelar schack och lyssnar till musik och säger att den är vacker. På natten älskar eller sover man. Men på morgonen. Före frukost. Då är man ensam.

Översten går uppför trappan till huset. Jag ser efter honom och är lite rörd. Vit pyjamas. Korta steg. Överst på trappan stannar han och vänder sig om. Väntar sig kanske ett hopp. Jag ger honom det.

180) Jag duschar och klär på mig och går en lång promenad på egendomen. Det är vackert. Bäckar och stora lövträd utan blad. Jag går långt. Kommer till ett förfallet lusthus vid en damm. Där är det också ett hopptorn, men vattnet är kallare. Kanske lika kallt som i luften. Jag blir stående och kastar stenar i vattnet. Först får jag dem att hoppa. Elva hopp klarar jag. Det är bra. Därefter letar jag efter runda och ovala stenar och kastar dem på ett sånt vis att de varken gör något ljud eller plaskar. Det är inte lätt. Men jag får till det efter hand. Min pappa har lärt mig detta. Han kallade det för sän-

ke. Att kasta sänke. Det gäller att kasta högt. Jag blir ivrig när jag får till det. Det kommer ett dovt ljud. Som när man daskar en bröddeg. Eller som när ett spjut landar i en myr. Det är en vagt upphetsande ljudupplevelse.

Småningom går jag tillbaka. Jag hittar inte fler lämpliga stenar.

181) Marianne är vaken när jag kommer in på rummet. Hon sitter med slutna ögon och försöker minnas sina drömmar. Jag säger till henne att jag tror att hon har sett för många filmer av Ingmar Bergman. Varför säger jag det? frågar hon. Inte för nåt. Jag sa det visst bara. Men det föresvävar mig att det är sant. Ja, det kan väl hända, säger Marianne.

182) Så är det vinkällaren. Överstens Marianne kan den väl. Hon pekar och pratar. Det är en stor vinkällare. Något av vinerna ligger på tunnor och det smakar vi lite på. Marianne och jag nickar att det är gott. Marianne säger också andra saker om vinet. Att det är sånt och sånt (lättsinnigt, samvetsgrant, och såna saker). Jag säger bara att det är gott, men uppväger detta med att säga det många gånger. De bägge mariannen talar länge om vin. Jag dricker så mycket mer. I ett låst skåp, tempererat och brandsäkert och allt möjligt, ligger några urgamla flaskor som översten har köpt på auktion för tiotusentals kronor. Vi får bara se bilder av dessa flaskor. Min Marianne bara gapar när hon får se årtal och namn. Jag antyder försiktigt att

översten kanske inte borde dröja för länge med att dricka dem.

183) Marianne säger att hon kunde tänka sig att stanna hos översten ännu ett par dagar. Hennes tonfall är vagt exkluderande. Vad ska det betyda? frågar jag. Det betyder bara precis det, säger hon. Varken mer eller mindre. Jag frågar om hon vill ha mig där eller inte. Hon säger att det måste jag själv bestämma. Jag lyckas inte dölja att hennes svar smärtar. Jag frågar om hon är sårad för att jag inte tycker lika mycket om hennes intuition som hon själv gör, och av svaret förstår jag att hon har problem med att acceptera att jag inte älskar det här stället lika högt som hon gör. För henne är det en signal om att vi är olika. Jag frågar om hon helst hade velat att vi var totalt överens om allting, men det svarar hon inte på.

Jag vill vara konkret och frågar hur länge hon kan tänka sig att stanna. Det är visst svårt att säga. Det kommer an på. Hon har ju blivit så god vän med överstens Marianne. Det är inte tal om att sticka med en gång. Jag får tänka på det, säger jag. Men jag säger också att hon inte ger mig just den stora tryggheten i att vara önskad. Hon rycker på axlarna. Jag säger att hon måste vara lite försiktig. Det är ofta så med nya vänner att man omedelbart känner att man inte behöver de gamla, säger jag. Hon måste passa sig. Jag överdriver, säger hon. Jaja, hon vet väl bäst själv vad som ligger i det hon har sagt. Ja. Det säger hon också. Ingen vet det bättre än hon.

184) Och det blir kväll igen. Översten frågar inte om vi ska spela schack. Vi äter och pratar om obetydliga saker och jag röker ännu en cigarr. Efter några glas vin tillstår översten att han samlar på camembertmärken. Han har omkring två hundra olika. Jag låtsas inte som om jag är intresserad, medan Marianne däremot är det alldeles uppriktigt. Han hämtar ett album och det visar sig att varenda märke gömmer en lång finurlig historia. Vi får höra dem alla. Jag säger att jag kommer att resa vidare nästa dag. Resa? undrar översten. Vart då? Det vet jag inte. Men jag kommer att ta tåget norrut. Min Marianne växlar blick med överstens och det ligger i luften att hon kommer att stanna ett tag till. Översten är alltför taktfull för att fråga varför vi väljer att skiljas. Jag förklarar ingenting, men dricker många glas av överstens fina vin.

185) Det är natt och Marianne och jag ligger vid sidan av varandra i mörkret. Jag berömmer mig själv för att vara så modig att jag bara sticker. Marianne kommer att sakna mig, tänker jag. Hon kommer att börja ångra hur hon har uppfört sig. Hon kommer att tvingas tänka sig för lite. Det hon säger får konsekvenser, det betyder något. Jag ska ge henne en läxa.

Men då reser jag då, bara, säger jag ut i mörkret. Marianne svarar inte. Antingen sover hon, eller så låtsas hon som om. Bägge delarna är i grund och botten lika illa.

186) Marianne kör mig till stationen. En kram. Men då ses vi väl då om några veckor, säger vi. Ja, så får det bli. Och hej då.

Jag hittar min plats och tåget far iväg. Jag ser ut genom fönstret. Läser lite i en bok och äter av den stora matsäck som överstens Marianne har gjort i ordning åt mig. Jag har det inte särskilt bra.

187) Tåget tar mig långt bort. Jag sitter och drömmer. Marianne framstår som ännu vackrare nu när hon inte är i närheten. Jag har svårt att föreställa mig att andra flickor kan vara lika vackra, och det orimliga i detta slår mig inte över huvud taget. Jag ser ut genom fönstret och är mätt på dagar. Tänker att jag ungefär är redo att ge upp andan.

188) På en sträcka av cirka tjugo mil sitter jag och lägger grunden för en hel del melankoli.

189) Jag går av tåget i en stad som är lagom stor. Tar in på ett hotell och kommer i samtal med en finsk handelsresande. En livad lax. Vi äter middag och spelar två omgångar bowling i hotellets källare. Jag säger nej när han frågar om jag vill hänga med på stan. Jag säger det hövligt. Men det är lika fullt ett nej. Det kan man inte ta fel på.

Jag sitter på mitt rum. På en stol framför dörren som leder ut till balkongen. På andra sidan gatan är det ett parkeringshus. Jag stirrar rätt in i det. Allt är mörkt. Det är mitt val att det är mörkt härinne. Där ute kan jag inte styra och ställa.

Jag tänker på att Marianne inte ligger på sängen och läser eller väntar på mig. Hon är över huvud taget inte i närheten. Jag ska ta mig samman och inte tänka på henne. Det bör jag kunna klara. Men nej. Jag funderar på om det omsider har lyckats mig att bli förälskad i henne på riktigt. Något har iallafall hänt, och det oroar mig mer än jag skulle vilja tillstå.

Jag blir sittande länge framför balkongdörren. Livet tycks mig besvärligt och alltför långt.

190) Jag går upp, äter lite frukost och sätter mig på stolen framför balkongdörren igen. Balkongen är trång. Jag tänker att jag ska sätta mig på den när det blir varmare, kanske om några timmar.

Det överraskar mig ännu en gång att jag har stuckit från Marianne. Vet inte om det är tufft gjort eller bara dumt. Vet bara att det är förbluffande.

Jag ringer ner till receptionen och ber att få komma ut på linjen. Slår överstens nummer, men lägger på när det har ringt två gånger. Jag har överskattat mitt mod. Måste förbereda mig lite bättre. Ringa igen lite senare. Låta det gå några dagar.

Det är varmt och jag sitter på balkongen. Röker en och annan cigarett och kastar ner fimparna på gatan. Plötsligt blir jag varse en flicka i parkeringshuset tvärs över gatan. Vi är på samma höjd och hon signalerar till mig. Gestikulerar. Jag förstår inte vad det betyder. Jag reser mig och gör tecken tillbaka, att jag inte förstår. Hon upprepar det hela. Långsammare och tydligare. Hon vill att jag ska komma över. Det är något hon behöver hjälp med. Hon verkar rådvill.

Jag tar på mig en jacka. Tar hissen ner och korsar gatan. Glad för att kunna vara till hjälp.

191) Vänster framhjul på hennes bil har fått punktering. Någon har stuckit en spik tvärs genom däcket. Jag skakar på huvudet och säger fucking hooligans. Vi nickar. Vi har fått en gemensam fiende och har kommit varandra ganska nära inom loppet av några sekunder. Let me help you, säger jag.

Hon heter Mirlinda. Det går inte att förneka att det är ett vackert namn. Och vad heter jag? frågar hon. Nej jag, säger jag och tycker inte alls att det är så viktigt vad jag heter så länge hon heter Mirlinda.

Vi byter hjulet tillsammans. Hon har aldrig gjort det förr och vet inte hur domkraften fungerar. Jag är inte heller helt säker, men jag låtsas att jag kan det och det lyckas bra. Nästan över all förväntan. Vi kör en bit för att se om allt fungerar som det ska och det gör det. Mirlinda tackar mig och säger att hon har lust att bjuda hem mig på middag.

192) Det är kväll och vi sitter hemma hos Mirlinda och äter. Maten är god och vi växlar blickar ganska ofta. Mirlinda frågar om jag har någon flickvän och jag vet inte vad jag ska svara. Jag tänker att hon kanske blir besviken om jag svarar ja. Till slut berättar Mirlinda att

hon är tillsammans med en man, men att han inte är här just nu. Jag undrar om hon säger detta därför att jag inte ska försöka något. Då kan det göra detsamma, tänker jag, och jag berättar om Marianne. Döljer ingenting. Mirlinda säger att hon tycker Marianne verkar vara en fin tjej, och vi är tysta en stund medan vi bryter bröd och skrapar våra tallrikar.

Stämningen blir lättare när vi har druckit vin och klargjort vårt civilstånd. Mirlinda sätter på någon musik och jag försöker gissa vad det är, men jag missar grundligt. Och Mirlinda skrattar och säger no, it's not Schubert at all.

Hon frågar om Norge. Vad äter vi däruppe? Jag säger att vi äter fisk. Och jag vill berätta för henne vad för sorts fisk jag äter, men jag vet inte vad de olika fiskarna heter på engelska. Mirlinda kan ganska många engelska fisknamn, visar det sig, inte den, nej, nej, nej, inte den heller. Och jag blir på det klara med att jag tycker mycket om att sitta och se på Mirlinda och höra henne minnas alla fisknamnen. Till slut måste vi titta i en fiskbok. Mirlinda lutar sig långsamt framåt och jag ser över hennes skuldra. Till sist känner jag igen den jag menar och pekar på den. Där är den, säger jag. Såna där äter jag. Jag kokar dem (med salt i vattnet) och äter morötter och vitlökssmör till. Det är en torsk. Hon nickar intresserat och berättar vad torsk heter på franska, men det glömmer jag genast.

Mirlinda säger att jag kan bo hos henne medan jag är i stan.

193) Jag strosar omkring i hennes lägenhet medan hon är på jobbet. Går ut då och då och köper mig yoghurt. Stora vita flaskor med drickyoghurt. Dricker dem och läser franska tecknade serier. Mirlinda har lagt fram en fransk-engelsk ordbok. Hon ivrar för att jag ska lära mig franska. Hon har lagt fram ett lexikon också. På eftermiddagen kommer hon hem och när det varit mörkt ett tag lagar vi till något som vi äter. Hon frågar om jag lärt mig något idag och jag säger ja.

194) En dag vaknar jag upp och säger meander. Jag tycker det är ett mycket vackert ord. Jag har inte hört det uttalas sedan jag gick i skolan, men nu är det tillbaka och det surrar i mitt huvud hela dagen. Jag säger det hela tiden till mig själv och slår små rytmer som passar. Jag sjunger och trummar svagt på centralvärmeanläggningen. När Mirlinda kommer hem berättar jag om ordet jag kommit ihåg. Hon blir begeistrad å mina vägnar och det visar sig att meander heter méandre på franska och Mirlinda säger att hon också tycker det är ett härligt ord att ta i munnen. Vi tar Mirlindas cykel och cyklar längs en liten flod. Jag sitter på pakethållaren och är så ung som jag nästan aldrig varit förr. Vi skrattar och pratar om saker som vi inte behöver komma ihåg senare. Mirlinda vänder sig mot mig och ler och jag kan se att hon är lika ung som jag. Till slut finner vi en meander och Mirlinda tar en bild av mig vid sidan av den. Det är en fin dag. Kanske en av de allra bästa.

195) Jag ringer till överstens igen. Pratar med Marianne. Hur hon har det? Hon har det bra och hon frågar mig detsamma. Jag säger att jag har det fint (och jag hoppas att hon lägger märke till nyansskillnaden mellan bra och fint och att det ger henne något att tänka på.) Det är inte mycket mer att säga. Några meteorologiska detaljer (nå, så det regnar inte hos dig?). Och vi säger ännu en gång att vi ska ses hemma.

Jag försöker locka ur henne när hon kommer att åka hem, men det vill hon inte säga något om. Jag skulle gärna ha velat veta det. Det finns en poäng i att inte komma först. Den som låter vänta på sig kommer att vinna.

196) Mirlinda omfamnar mig en kväll. Jag blir överraskad och låter mig kyssas, men efteråt ångrar Mirlinda sig. Hon säger att vi måste låtsas som om det inte har skett, och vi går bägge omkring och låtsas ett bra tag. Men det visar sig att det har skett ändå. På kvällen sitter jag länge uppe och tänker på Marianne.

197) Omsider säger jag till Mirlinda att jag ska resa vidare. Hon tar det hårt. Gråter och frågar om jag inte har det fint hos henne. Hon säger att jag måste komma tillbaka en gång. Det ska jag göra, säger jag. Och Mirlinda säger att hon tänker låsa in mig nere i sin källare så att jag inte kan sticka iväg. Hon vill ha mig där och tycka om mig och komma till mig varje dag. Hon frågar om jag inte tror att det skulle bli fint. Jag säger att det kommer mycket an på källaren.

198) Jag sitter på tåget. Det är disigt och kallt. Solen är en perfekt cirkel som är så röd och blek att jag kan se rakt på den utan att få ont i ögonen. Tåget passerar får som äter gräs trots att det strängt taget är vinter.

199) Då och då byter jag tåg och köper något som jag äter. Jag rakar mig på några järnvägsstationer. Det är få människor på tågen jag tar. Jag sitter i stort sett ensam i rymliga kupéer. Någon sällsynt gång kommer någon in och tycker de måste säga något. De tänker väl att det kan vara trevligt med lite prat. Jag köper några billiga cigaretter på en färja och röker dem medan jag hoppas att Marianne ska ha kommit hem före mig.

200) Jag låser upp dörren och står i lägenheten. Förstår snabbt att jag har förlorat. På nästan ingen tid alls reduceras jag till att vara en väntande människa. Men jag bestämmer mig för att ha tålamod. Inte tänka för mycket på Marianne. Låta henne komma när hon vill. Hon bestämmer ju själv, tänker jag. Marianne bestämmer själv.

# Tredje delen

201) Marianne och jag hade varit ute och rest ett tag. Jag hade kommit hem nu, men inte Marianne. Jag överfölls av en våldsam flegma, och i flera dagar satt jag vid köksbordet och väntade på att något skulle hända. Men ingenting hände. Brevlådan var tom och jag var hungrig, men jag orkade inte ens ta upp mina saker ur ryggsäcken.

Småningom packade jag upp min målning och hängde upp den på väggen ovanför sängen. Jag hade lust att betrakta den medan jag låg. Jag studerade den flera gånger om dagen, och under en period kom den blå streckgubben att ta åtskilliga skikt i mitt visuella medvetande i anspråk.

202) Utåt gav jag intryck av att hålla på med helt andra saker än att vänta på Marianne. Jag letade lite halvhjärtat efter ett jobb, lånade många böcker på biblioteket utan att läsa dem, duschade två gånger om dagen och låtsades att det inte gjorde mig något att brevlådan var tom varenda dag.

Men jag var hemma igen. Och Marianne var inte där, och det rådde inget tvivel om att det var på det viset. Jag blev mycket förtrogen med köksbordet och min närmaste omgivning. Till mina föräldrar sa jag att jag hade fullt upp med att söka jobb. Men egentligen väntade jag bara. Det var det enda.

203) En dag handlade jag mat och träffade på en gammal släkting. En yngre halvbror till min farfar. Jag sa att jag aldrig skulle ha trott att han var en dag över sjuttio, och Roland (för det var det han hette) lyste upp och i nästa ögonblick hade jag bjudit hem honom på middag.

Roland tyckte så mycket om min målning att jag en stund satt med dåligt samvete för att den var min och inte hans. Men den var min, och jag ville att den skulle fortsätta att vara min och jag bestämde mig för att inte låta mig trakasseras av sådana självutslätande känslor.

Det lyste så fint i Rolands gamla ögon. Han berättade små historier från sin krafts dagar och han blev förlägen när han upptäckte att han hade pratat länge och varit dominerande. För all del, sa jag.

Roland frågade om mitt förhållande till flickor och jag nämnde Marianne utan att gå in på detaljer. Han tyckte hon verkade vara riktigt söt. Ville höra mer. Hur hade jag träffat henne? Hon började bara komma, berättade jag. Plötsligt bodde vi bara ihop. Och Roland skakade på huvudet och sa att det var fascinerande att tänka på hur män och kvinnor alltid har funnit varandra. Ingen upplever detsamma, sa han. Jag frågade om han tyckte mitt möte med Marianne verkade märkligare än andra motsvarande fall, men det tyckte Roland inte alls. Och det föll mig in att det kanske inte var något speciellt med Mariannes och mitt förhållande. Men jag lyckades inte helt tro på det.

Män och kvinnor behöver varandra, sa Roland, och han pratade om djur och fåglar och om det gamla bondesamhället och jag vet inte vad. Jag skulle bara inte tro att jag kunde klara mig på egen hand. Det har jag aldrig heller trott, sa jag.

Det handlar om balans, sa Roland. Om att lära känna varandra, visa den andra vem man är. Och så sa han att jag måste se upp så att historien om mig aldrig kom att handla om några andra mer än den handlade om mig. Därefter tog han på sig rocken och gick hem. Gamle man. Jag stod ensam kvar och var lite rörd.

204) Så fick jag kort från Marianne. Det stod att hon hade det fint. Att överstens Marianne verkligen var en generös människa och att de bägge hade blivit vänner. De hade åkt en lång tur tillsammans och sett slottsruiner och sovit i samma säng på ett pensionat. De skrattade en hel del, stod det. Efter episoden i Paris har jag blivit skeptisk vad det gäller Marianne och vykort. Men hon hade iallafall tänkt på mig. Och hur som helst efterlämnade kortet inget tvivel om att hon hade det bra. Kanske för bra. Det slog mig att hon skulle komma tillbaka utan att ha tänkt över någonting alls.

205) Herr Slind-Hanssen ringde och ville tala med sin dotter. Jag frågade om han inte kände till att vi hade varit ute och rest. Nej, det kände han inte till. Jag förklarade att Marianne fortfarande var på resa, men att hon säkert skulle komma hem igen om inte alltför lång tid. Herr Slind-Hanssen skrattade och utgick från att vi hade bråkat och att Marianne inte längre hade velat resa tillsammans med mig. Hon tar sig, sa han. Jag sa att jag tyckte han var en oroväckande ondskefull person och det förnekade han inte. Sa bara adjö och la på luren.

206) Och sannerligen. Marianne kom tillbaka utan att ha tänkt över någonting alls. Jag vägrade först tro det, men förstod snart att det var en realitet och att jag måste förhålla mig till den. Hon tog av sig ryggsäcken och satte kappsäckarna i vardagsrummet. Hon höll om mig och sa att hon hade saknat mig mer än hon varit på det klara med. Hon kysste mig många gånger. Så många gånger att jag till slut måste ge mig, och då hon frågade varför jag såg skeptisk ut, svarade jag att det inte var något. Allt är bra, sa jag. Jag är bara överraskad. Det är ingenting.

Vi la oss tidigt. Marianne var trött efter resan och hennes trötthet smittade av sig på mig. Vi låg med varandra och det gick bra på alla sätt. Marianne somnade och jag blev liggande och frågade mig själv om det inte hade varit något fel mellan oss. Om jag möjligen hade varit för känslig och gett för stora dimensioner åt något som aldrig skulle haft annat än små.

Har det inte varit något fel då? undrade jag. Har allting egentligen varit bra hela tiden? Men jag visste inte vad jag skulle svara.

Om allt är som förr innebär väl det att situationen är fin, att allt är bra nu och att det har varit bra hela tiden. I motsatt fall måste det ju innebära att det inte vid någon tidpunkt har varit bra, och att det inte heller är det nu. Men jag orkade inte komma fram till något svar och jag somnade in så lång jag var.

207) Marianne ringde Nidar-Bergene och berättade om vår resa. Hon framställde den som harmonisk och fullständigt oproblematisk. Fröjd och gamman hela vägen. Jag satt och skakade på huvudet, men jag tror inte att Marianne la märke till det.

Nidar-Bergene frågade om kristallen hade varit med på resan (Marianne vände sig om mot mig och lämnade frågan vidare). Jag bad henne säga ja, att den hade varit med och att den hade varit till stor hjälp. Nidar-Bergene blev mycket glad över att få höra det.

208) Jag återupptog min vana att gå till simhallen. Det gjorde mig gott. En dag träffade jag på Glenn. Hans dunk i ryggen gick inte att undvika när jag steg in i bastun. Gamle vän, sa han. Och han tackade för vykortet, frågade om jag hade varit rädd högst upp i Eiffeltornet. Jag skakade på huvudet och gick för att simma en kilometer.

209) Halfred upptäckte att vi var hemma igen. Han bara stod på trappavsatsen och ringde på en dag och han

var optimistisk i ansiktet. Glad att se oss igen, men inte desto mindre irriterad över att vi hade låtit hans blommor dö medan han var i Sverige. Jag beklagade djupt och uppriktigt. Erbjöd mig att ersätta dem, men det var inte en fråga om pengar, sa Halfred. Jag förstod.

Vi drack te och Halfred ville ha det utan honung. Jag frågade om kursen i Sverige hade varit lyckad. Ja, i allra högsta grad, svarade Halfred. Han kände sig som en mycket bättre lots nu, och jag kunde se att han var stolt. Och när allt kommer omkring så förlät han mig att jag glömde blommorna. Vi kom fram till att jag kunde ha glömt mycket värre saker. Och Halfred var överraskad över att vi hade varit ute och rest. Det var spontant, sa han. Det var kanske det, sa jag.

Marianne stack in huvudet och undrade hur det gick för Halfreds curlinglag. Jo, tack, utmärkt. Lotsväsendets lag låg fyra i serien, och jag kunde inte annat än säga att det var en fin placering. Ska vi spela kort? undrade Halfred. Det kan vi väl, sa jag.

210) Vi var alltså hemma igen bägge två nu. Marianne och jag. Ingen av oss var på resa och ingen av oss väntade på vykort från den andra. Marianne studerade intensivt och jag tittade på platsannonser.

Det blev vår och nästan sommar.

Marianne tog examen och vi drack champagne. Skål då, Marianne, sa jag och kramade om henne. Skål själv, sa Marianne och var förlägen och glad. Vad har du blivit nu då? undrade jag. Hon ryckte på axlarna. Det visade sig att hon blivit lärare.

211) Plötsligt en dag sa Marianne att nu var måttet rågat. Jag borde få ett jobb och det genast. Det hjälpte inte att jag ännu inte var pank, ansåg hon. Jag var en fantasilös person och jag borde låta sysselsätta mig. Hon sa det rätt ut. Och efteråt sa hon förlåt och att hon bara ville mitt eget bästa.

Jag frågade om Marianne kunde klippa mig och det ville hon gärna. Efteråt ångrade jag mig. Du skulle inte tagit så mycket i pannan, sa jag. Hon fnös och sa att jag måste veta vad jag ville och ge klara besked. Hon kunde väl inte veta hur mycket hår jag ville ha i pannan, sa hon. Nej, nej, men hon hade nu hur som helst tagit för mycket. Jag såg så barnslig ut, men Marianne menade att det inte gjorde något. De flesta arbetsgivare tycker om att anställa unga människor, menade hon. Jag påpekade skillnaden mellan ung och barnslig, men Marianne brydde sig inte om den. Hon sa att det var talesätt.

Och jag gick på platsintervju. Tog med alla mina papper och infann mig, ung och ivrig. Jag ser att du är bra på det fortlöpande, sa chefen. Och det var ungefär det enda han sa. Jag kunde börja nästkommande onsdag. Vi signerade kontrakt och tog varandra i hand. Jag hade jobb igen. Min mamma började gråta i telefonen. Är det sant? snyftade hon. Och det var alldeles sant.

212) Jag jobbade igen och tyckte om det. Arbetet visade sig vara något mindre kvalificerat än jag trott, och efter bara några veckor fick jag delvis mer betrodda uppgifter. Marianne satt hemma och skrev ansökning-

ar. Sände dem över hela landet. Hon ville också ha jobb.

Kan vi inte ta en cykeltur? frågade Marianne. Jovisst kan vi väl det. Jag fick fram hennes cykel och tvättade den. Reparation och underhåll. Marianne kom ut då och då och pussade mig och sa att jag var så duktig. Hon tyckte det inte var någon måtta på allt jag kunde. Jag blev förlägen. Hon frågade om det var något hon kunde hjälpa till med och det var skönt att kunna svara nej, att det här skulle jag fixa. Jag sa att hon bara skulle gå upp och ta det lugnt med en bok eller något. Och jag kallade henne pullan min.

Jag spände kedjan och kände att det hela blev så meningsfullt när Marianne tyckte att jag var duktig. Det här kunde hon inte ha fixat på egen hand. Jag var absolut nödvändig. Hon böjde sig ut genom fönstret och ropade att jag måste ta en vilopaus. Jag njöt av att skaka på huvudet och inte svara. Drog åt bromsarna ordentligt och fick nedkastat en klimp russin (Marianne hängde ut genom fönstret och log och gjorde en poäng av att jag inte hade bett om något att äta, men att hon hade tagit initiativet själv). Omtänksamma Marianne. Jag åt upp russinklimpen och tog en provtur. Tvärnitade några gånger, växlade helt ljudlöst.

Din cykel är en ren fröjd, Marianne, sa jag då vi la oss på kvällen. Hon böjde sig över mig och kysste mig vått och länge. Och min egen cykel? undrade hon. Den tittar jag på en annan dag, sa jag (och av tonfallet framgick det att jag egentligen hade sagt att det inte var så farligt med mig). Min självuppoffring verkade upphetsande på Marianne och vi låg med varandra. Jag visste inte om jag hade ordnat till det så här med vilje, eller om mitt tonfall cyniskt utnyttjade sammanhang som jag själv ännu inte var på det klara med. Ett kättjefullt litet odjur till tonfall.

213) Vi cyklade runt en stor sjö. Badade i varma stråk och var helt nakna och ensamma. Hällristningar. Marianne pekade på några streck och frågade om jag kunde se att det var en älg. Det där är väl ingen älg, sa jag. Men det var det. Det stod klart och tydligt att läsa på en informationstavla vid sidan av. Jag tyckte det var en konstig älg, men Marianne menade att jag måste ta i beaktande att den säkert var målad för länge sedan. Älgar var väl älgar på den tiden också, sa jag. Men Marianne var inte så säker på det (och förresten så har nu konstnärer alltid gjort som de vill). Några meter längre bort var det målat en björn. Vi såg bägge att det var en björn och var överens om det. Varför måla björn som björn och inte älg som älg? undrade jag, och jag räknade med att den frågan lite skulle ta loven av Marianne.

Jag tog en bild av henne framför hällristningarna. Hon hade korta jeansshorts och ingenting på överkroppen. När hon vände sig kunde jag se det lilla strecket där rumpan går över i låret. Jag cyklade bakom henne nästan hela tiden. Marianne tyckte det var så härligt att vara på cykeltur, och jag var inte den som inte höll med.

214) Vi satte cyklarna mot ett träd och tände bål. Slog upp tältet nere vid sjön. Jag fiskade en laxöring och Marianne tyckte lite synd om metmasken. Det var just så som det skulle vara. Vi stekte fisken i glöden och åt och pratade om trevliga saker.

Efteråt låg vi i tältet och kikade ut på vattnet. Natten var helt ljus. Marianne stack in sina fingrar i mitt hår och tvinnade runt runt. Jag bad henne sluta, men det gjorde hon inte. Hon sa att det var vanligt att göra såna saker när man är förälskad (det är just såna saker man gör). Så du är förälskad i mig? undrade jag. Det hade hon väl varit hela tiden, menade hon. Hade jag kanske trott något annat? Har vi det bra då, fortsatte jag. Tycker vi om varandra? Ja, gör vi inte det? svarade Marianne. Hon utgick iallafall från det. Och dessutom, sa hon, så var jag omogen som behövde såna uppenbara bekräftelser hela tiden. Om vi bara var tillsammans och inte tänkte för mycket, skulle allt gå av sig själv, menade hon. Och hon tvinnade mitt hår tills hon föll i sömn. Jag blev upprymd och godlynt av allt det här. Lät omogenhet vara omogenhet och hängav mig åt fantasier om älskog och harmoni.

215) Marianne fick jobb ute i periferin. På en ö. Fin lön och exakt de ämnen hon hade önskat sig. En liten skola. God kontakt med eleverna. Överskådlig miljö och plats för alla. Idealistiska Marianne. Jag frågade om hon skulle pendla. Nej, det gick nog inte, det var för långt. Men hon skulle komma hem så ofta hon kunde över helgerna. Helt säkert. Kunde hon inte hitta något som var lite närmare? Nej, det var omöjligt. Då skulle hon få hålla till godo med de tråkigaste jobben. De som ingen annan ville ha. Och det var det självklart inte tal om. Stolta Marianne. Marianne som bestämde själv. Som visste vad hon ville.

Det var inget att ängslas för, sa hon. Ett förhållande som är baserat på något sant har ingenting att frukta i lite avstånd. Tvärt om, menade hon. Och hon började måla upp vackra bilder av vår framtid. Jag kunde komma och besöka henne, sa hon. Så kunde vi gå promenader längs stränderna och vara ihop på ett helt nytt sätt. Jag tänkte lite på det och höll med om att det kunde bli ganska fint. Och dessutom är det ju inte för alltid, sa vi. Bara för ett litet år. Därefter räknade hon med att kunna välja och vraka bland meningsfulla jobb inne i stan.

216) Marianne reste iväg ut till sin ö i god tid innan skolan började. Hon ville skaffa sig ett ställe att bo där hon kunde se havet från fönstret, sa hon. Det var det enda krav hon ställde. Havet kom hon ju att få se hur som helst, menade jag (antingen hon ville det eller inte). Men nej, hon skulle sitta och se på det när hon åt frukost, sa hon. Annars kunde det vara detsamma.

217) Jag tog en båt och besökte henne skolårets första helg. Hon bodde bra. En fin liten etta. Madrass på golvet och några böcker. Röda kulspetspennor i en mugg på köksbordet. Och vi såg på havet medan vi åt frukost. Marianne frågade om jag ville ha lite mer mjölk och jag sa ja tack. Jag frågade om hennes elever var snälla. Alla människor är snälla, sa Marianne. Innerst inne, ja, sa jag.

218) Hon visade mig skolan. Det var en vanlig och föga uppseendeväckande skola, men Marianne var helt begeistrad över den. Och här ska du alltså jobba? sa jag för att ge henne möjlighet att stoltsera och vara en som vet. Ja, där skulle hon jobba. Hon hade knutit ett litet sammetsband runt sin stora nyckelknippa. Tog ofta upp den ur fickan och vred på den. Rasslade. Jag sa att

jag tyckte hon hade ett stort ansvar. Hon log och nickade, tacksam för att jag hade insett det.

219) Vi gick en promenad längs stranden. Jag kastade stenar i vattnet och Marianne menade att jag kastade längre än alla andra hon kände. Det mörknade och jag kunde inte förstå annat än att vi hade det bra ihop. Jag undrade vad Marianne tänkte på. Hon sa att jag inte fick ta illa upp, men att hon just nu tänkte mest på den cigarett hon skulle röka när vi kom tillbaka till hennes lägenhet. Men jag skulle vara medveten om, tröstade hon, att hon vilket ögonblick som helst kunde komma att tänka på mig.

220) Mariannes madrass var egentligen för liten för två, men vi låg tätt ihop. Vi överskred ramarna, sov och älskade inom madrassens förutsättningar. Hon hade en liten radio som spelade gamla sånger på lördag morgon. Vi låg tysta ända tills programmet var slut. Då kysstes vi lite och gosade och Marianne läste några dikter ur en bok som låg på golvet. Jag såg på henne medan hon läste, och från köket hörde jag ljudet av vatten som strax skulle koka.

Hon följde mig till båten söndag kväll och vi sa att det hade varit en fin helg. Jag var nästan lite avundsjuk på henne som skulle få vara i denna lugna idyll, medan jag skulle cykla runt inne i stan och sköta det fortlöpande arbetet hela dagen.

Jag bad Marianne sköta om sig. Vara en god lärare. Så skulle vi ses nästa helg, sa vi. På vägen tillbaka blev det sjögång och jag stod på däck och drog in luft som ännu inte sa något om att det skulle bli höst. Jag tänkte att en ny tid skulle börja nu, men att jag efter den här helgen inte var rädd för att gå den till mötes.

221) Plötsligt var jag ensam i lägenheten igen. Det var inte bra för mitt välbefinnande. Jag blev rastlös och helt okritisk till vilka filmer jag skulle se på bio. Upplevde biosalongen som ett tankens ingenmansland där jag fick slappna av. Jag gick ofta ut ur salongen med starkt nedsatt medvetenhet och jag chockerade mig själv med att njuta detta i stora portioner. Jag började på en kurs i franska. En kväll i veckan. Efter en kort tid kunde jag skriva små kort till Mirlinda där det stod vad jag hette, hur gammal jag var och att jag tyckte om äpplen. Jag gick upp tidigt nästan varje dag och kände mig tidvis trygg och harmonisk.

Glenn och jag träffades ofta i simhallen före jobbet. Jag simmade min kilometer och satt i bastun och läste tidningar och diskuterade i all anspråkslöshet med Glenn. Det var fint att sitta på morgonen och vara överens med någon om att världen är ett märkligt ställe. Se här! kunde Glenn slå fast när han fann en lustig notis. En man hade fastnat med foten i toaletten och en annan hade fyllt kylskåpet till brädden med döda sparvar. Det irriterade mig att tidningarna aldrig gav förklaringar till såna där saker. Folk gjorde sånt bara, hade jag ett intryck av. Glenn menade att vi borde ge fan i orsakerna. Det roliga var ju noga räknat att någon gjorde sånt. Om orsakerna blev kända, kunde jag ju själv tänka mig hur tråkigt allt skulle bli. Folk skulle kanske sluta vara lustiga och det skulle finnas färre ting att glädja sig åt. Menade Glenn. Vi hade väl för helvete känsla för en god historia när vi kom över en. Jojo, sa jag och tänkte på det. Glenn hade väl rätt. Vem skulle ge fan i orsakerna om inte just såna som vi?

222) Och jag skrev brev till Marianne. Flera varje vecka. Nu är det natt och jag saknar dig, skrev jag. Det är dumt att du inte är här. Och ibland berättade jag vad jag sett på bio. De flesta breven sände jag. En del sände jag inte. Och jag fick brev tillbaka. Så och så gick det med jobbet. Det hade varit en liten storm. Förhållandevis enkla upplysningar. Sällan någonting om vad hon tänkte. I brevform var vårt förhållande mycket dämpat och balanserat. Man kunde komma att tvivla på sinnligheten i det hela.

Men vi träffades ganska ofta på helgerna. Efter hand mer sällan, kanske, men ändå. Jag åkte oftare ut till henne än hon kom in till stan. Vi var liksom mer ihop där ute. Där var det mindre som drog uppmärksamheten från oss och vårt förhållande. Det fanns inte mycket annat där än hon och jag och en massa vatten. Jag skulle inte tro att hon inte var förälskad i mig bara för att hon aldrig nämnde det, sa hon. Hon sa det vid ett par tillfällen. Annars pratade hon mycket om mjöl och andra saker hon måste komma ihåg att köpa innan affären stängde. Det var okej för mig. Jag tyckte inte först och främst om henne på grund av det hon sa. Viktigare var det att hon var där, att hon sa något över huvud taget. Och det gjorde hon. Det rådde ingen brist på ord.

223) En helg fick vi låna en båt och rodde ut för att fiska. Marianne bad mig känna på hennes rev och bedöma möjligheterna för att en fisk redan hade bitit sig fast. Nej, det trodde jag inte. Hon drog in iallafall och fann tre fiskar (och inte bland de minsta). Hur hade jag kunnat ta så fel? undrade hon. Nej, säg det, sa jag. Men det kunde ju tänkas att de hade huggit medan hon drog in reven. Marianne sa att det trodde hon inte och hon drog mina marina kunskaper i tvivelsmål.

Vi fick många fiskar och rodde iland och lämnade tillbaka båten och lämnade lite av fångsten som tack för lånet. Middag. Om jag kunde gå och köpa römme och lite smör? Ja, det kunde jag. Och kanske lite öl? Fint. Och vi åt och hörde på radio och hade det mysigt.

Men det gick flera helger utan att vi fick legat med varandra. Jag tänkte att såna där saker går i vågor och det bekymrade mig ännu inte.

224) Två-tre helger utan att vi möttes över huvud taget. Men ett och annat brev blev sänt från bägge håll. Omsider träffades vi, men ingen av oss kom på något att prata om. Jag undrade om vi kunde ligga med varandra. Men det kunde vi inte.

225) Brev från Marianne där hon bad mig att inte komma nästa helg. Det skulle vara lärarfest därute, och

dessutom kunde hon tänka sig att vara helt ensam en helg, stod det. Okej. Jag stannade i stan och gick på bio och tillbragte lördagskvällen med Halfred. Han undrade om jag ville följa med på en curlingtävling på söndag förmiddag, (det var en myt att curling inte är en publikvänlig sport). Jag tackade för erbjudandet, men sa att jag inte hade tid just nu. En annan gång.

Halfred hade video och vi hyrde en film som långt ifrån var någon höjdare. Jag ångrade bittert att jag hade kastat bort tid med att se den. Jag sa det till Halfred och han höll med. Hans svåger hade rekommenderat den, sa han. Jag frågade vad hans svåger var för slags typ. Halfred förklarade och det blev tydligt att hans svåger inte var alldeles som jag.

226) Jag kom från franskkursen en kväll och fann ett brev från Marianne. Inte heller denna helg var det okej att jag kom. Jag började ana oråd. Ringde henne på skolan dagen efter och frågade vad det var som försiggick. Jag kunde tänka mig att bli informerad, sa jag. Marianne defensiv. Nej, nej, allt var bra. Det fanns ingen orsak att vara orolig. Jag frågade om hon kunde säga att hon tyckte om mig, men det tyckte hon var svårt så där på uppmaning. Vi tvekade ett bra tag och eftersom ingen sa något, blev jag tvungen att berätta att jag hade börjat dricka kefir i stora mängder. Säger du det? sa Marianne, och hon tyckte det verkade både sunt och förnuftigt. Nästa helg då? undrade jag. Ja, kanske det, sa Marianne.

227) Nästa helg tog jag båten ditut utan att ha skrivit eller på annat sätt förberett Marianne på min ankomst. Jag satt och ångrade att jag inte tagit med en liten gåva till henne. Jag gick ensam från ångbåtsbryggan och mot hennes rum. Det blåste och var riktig höst, men jag hade regnjacka och blev inte våt när det började regna.

228) Det satt en man vid Mariannes frukostbord. Han hade skägg och mycket hår på armarna. På bordet låg det en tobakspung och två påsar med kokmalet kaffe, och på fönsterkarmen, till hälften dolt bakom gardinen, låg ett paket kondomer av märket ”Funny”.

Marianne sprang omkring och var förvirrad. Som om hon inte hade väntat sig ett sådant initiativ från min sida. Tor är biolog, förklarade Marianne. Jaha. Och vad sysslar du med härute då, Tor? frågade jag. Jag sysslar med örn, sa Tor.

229) Vi låtsades som ingenting alla tre. Jaja. Jo, det var ett jämnt bestånd av havsörn där ute, sa Tor. Han skulle vara där en tid och kartlägga örnbeståndet. Skriva rapporter. Och han fumlade fram en penna som för att dokumentera att han verkligen kunde skriva. Han hade både penna och papper och han sände rapporter till departementet. Någon satt och väntade på rapporterna. Läste dem. Läste Tors rapporter.

Jaja, Tor, sa jag efter en stund. Och jag föreslog att han skulle gå hem och lägga sig eller göra vad tusan han ville, för nu behövde jag vara lite ensam med Marianne. Och det var nästan ingen hejd på hur bra Tor tyckte det var. Hej då, sa han och gick. Han trodde kanske att vi var goda vänner. Jag hoppades för hans skull att han inte var lika enkel som han gav intryck av att vara.

230) Det här är för dumt, sa jag till Marianne. Hon tillstod att hon tyckte det var pinsamt, att det var olyckligt. Men hon tyckte inte att det var för dumt. Så går det ibland, sa hon. Hon kunde inte rå för det. Och jag hatade det när hon sa att det här var en av dessa saker som bara var såna. Sånt var livet. Det där kunde hon inte mena, sa jag. Men hon sa att det inte handlade om att mena eller inte mena. Det bara var så. Men insåg hon vad det innebar? Nej, hon erkände att det inte alls var säkert att hon insåg vad det innebar. Hennes spontana oförstånd överväldigade mig. Man kan ju inte bara springa omkring och inse saker hela tiden, menade Marianne.

Jag undrade om hon ville att jag skulle sticka med en gång. Ja, det hade varit att föredraga. Men det gick inga fler båtar, och ute var det kallt och obehagligt. Jag sa att jag skulle ta den första båten nästa morgon. Det går bara *en*, sa Marianne.

Jag frågade vad i helvete den där Tor var för en typ, och jag antydde både det ena och det andra beträffande honom. Marianne menade att det var få saker som spelade mindre roll just nu än att tala om vem Tor var. Det angick mig inte, och ju mindre jag visste om honom, desto bättre. Jag blev förtvivlad nu. Men vi då? frågade jag. Tänkte hon inte på det? Betydde det inte någonting för henne? Jag måste förstå att hon inte kunde tänka på såna saker. Man förändras, sa Marianne. Det var ingenting hon kunde göra något åt. Och hon påminde mig om att hon dessutom hela tiden sagt att med henne var det antingen eller (och med det menade hon att ha sitt på det torra).

Marianne stod i sitt kök och var bara Marianne och det var ingenting jag kunde påverka. Hon skrämde mig. Detta skulle jag aldrig ha trott. Och hon sa att jag inte skulle ta det så personligt. Tiden går, sa hon. Även om man skulle önska att den inte gjorde det. Sa Marianne.

Jag sa inte godnatt. Sa ingenting. Jag lät henne vara i fred. Jag drack bara ett glas vatten och la mig med en yllefilt på golvet. Det tilltalade mig inte längre att låna Mariannes tandborste.

231) Frampå natten låg vi vakna bägge två och jag märkte det. En våg av nostalgi sköljde över mig och jag sa att det skulle vara illa om vi skildes på det här viset.

Illa, med andra ord, sa Marianne.

232) Nästa morgon tog jag mina saker och lämnade lägenheten innan Marianne vaknat (eller innan hon slutade låtsas att hon sov).

Framför huset stod Tor och fotograferade örnar med teleobjektiv. Han skrattade mig rätt upp i ansiktet och frågade om jag kunde backa en bil med släpvagn.

Jag satte mig på en bänk vid bryggan. Väntade länge på båten. Den kom till slut. Den enda båten den här dagen.

233) Jag blev sjuk.

Jag la mig till sängs med vindruvor och tecknade serier och bestämde mig för att bli liggande ett bra tag.

Någon borde ha besökt mig och tröstat. Sagt att det var väl inte så lätt för mig att klara av det här på egen hand. Men det var det ingen som gjorde.

Jag förlorade mig i feberfantasier om att vara nittio år och bara sitta på en stol och heta Salvatore. Bara sitta och vänta på att saker och ting skulle ta slut. Åtnjuta allas respekt, ha en stor familj och dessutom heta Salvatore.

234) Efter en vecka gick jag upp. Jag hade läst alla mina seriehäften flera gånger om och hade blivit ganska mager. Jag var inte alls glad, bara väldigt hungrig.

En massa burkar med målarfärg i källaren. Jag blandade alla färgerna och fick till en äcklig brun nyans. Jag gladde mig åt vad jag nu skulle göra. Mariannes byrå blev god och brun på under en halvtimme. Jag rev sönder ett par av hennes strumpbyxor och la dem över byrån. Lät dem torka fast ordentligt. Gottade mig för mig själv. Det föll mig över huvud taget inte in att jag kanske tacklade det hela på ett lite barnsligt vis.

235) Halfred upptäckte att jag inte var helt tillräknelig. Och han måtte ha fått för sig att det var en rejäl fest jag behövde. Om jag hade lust att följa med på svensexa? Han sa att min morbida fantasi kunde komma väl till pass framåt natten. Jag frågade vem som skulle gifta sig och det var Halfreds svåger. Jag undrade försiktigt om inte svåger betydde att han var gift med Halfreds syster. Jo, men han gifte sig på nytt. Jag sa att jag hoppades att det inte försiggick bakom ryggen på systern och det hoppades Halfred också. Halfred hade kanske inte världens bästa kontakt med sin syster? Nej, när jag nu nämnde det så slog det honom att det faktiskt var ett bra tag sen han hade pratat med henne. Han borde kanske göra det, sa jag. Men jag måste hur som helst följa med på svensexan, menade Halfred. Jag skulle inte bry mig om att jag inte kände någon. Det handlade ju hur som helst bara om att bli full.

236) Gänget var i full gång då vi kom. Stämningen på väg under bordet. Det var uppenbart att det inte skulle bli sagt ett enda ord värt att komma ihåg, så jag satte igång att dricka. Man höll på med lumparhistorier och sånt. Många asgarv. De här grabbarna hade nog upplevt en del avgörande saker tillsammans. Jag frågade Halfreds svåger hur det var möjligt att tycka om den

film som Halfred och jag sett. Jag pressade honom lite och det urartade. Jag skulle just klippa till honom i magen då Halfred kom springande och bad mig spänna av.

Timmarna gick och flera av festdeltagarna kunde inte längre göra reda för sig och var därmed på flera sätt färdiga med kvällen som sådan.

237) Före midnatt låg svågern och sov i sin stol. Och alla andra hade också somnat. Halfred och jag sov inte. Vi funderade på vad vi skulle göra. Kunde vi inte bara låta honom ligga där? undrade jag. Men det var en löjlig fråga, menade Halfred. Vi måste väl kunna hitta på något jävelstyg. Vi diskuterade en stund, men ingen av oss tänkte särskilt klart. Till slut la vi bara svågern i en sovsäck och rullade in honom i mattan. Band ett rep om. Jag tog en tuschpenna och skrev kuk med stora bokstäver på svågerns panna (utan att någon av oss skrattade något nämnvärt åt det). Så bar vi ut honom och la honom i en gatukorsning. Vi placerade några av vägverkets bockar runt honom, och en lampa som blinkade. Sen gick vi hemåt.

Jag hade trott att det skulle vara roligare. Det hade Halfred också. Vi var besvikna. Vi sa jaja, och god natt, och överraskande nog tackade jag ja till att följa med på curlingtävling dan därpå.

238) Det blev ingen curlingtävling för oss. Vi var bägge rejält bakfulla och försov oss grundligt, och det framstod klart att det optimistiska avtalet hade varit re-

sultatet av rent övermod. Halfred resonerade, och hävdade att vi redan genom att vi la oss så sent hade bäddat för att inte vakna i tid.

239) Nidar-Bergene ringde och ville ha adressen till Marianne. Hon fick den. Jag lät beklämd, menade hon och klangen i hennes röst var så uppriktigt medkännande att jag berättade om Marianne och Tor. Nidar-Bergene blev chockerad. Hon tyckte det var illa att Marianne kunde få sig till att göra sådant. Det hade jag ingenting att säga om. Naturligtvis var det illa, men jag var glad för att fler än jag var på det klara med den saken. Nidar-Bergene frågade om jag var sugen på choklad. Ja. Hon skulle komma över ett tag, sa hon. Ordna med barnvakt först. Jag tyckte det verkade okej, men bad henne att inte bråka om kristallen. Hon måste naturligtvis fråga ett par gånger om varför, men gav sig till slut. Hon skulle inte nämna den.

Nidar-Bergene kom och kramade om mig och sa att jag inte såg särskilt pigg ut. Tömde en plastkasse med choklad på bordet i vardagsrummet. Jag åt och hon frågade om Tor. Jag berättade och hon nickade och sa att Marianne alltid hade varit svag för män som vet mycket om träd och fiskar och såna saker (och kanske gällde det i synnerhet örnar, sa Nidar-Bergene). Och hon frågade hur det egentligen hade börjat mellan Marianne och mig och jag var tvungen att svara som sant var: att Marianne bara hade kommit.

240) Jag låg en helg i sängen och stirrade på min målning. Tänkte på Marianne. Hon var väldigt närvarande. Inne i skallen. Och jag lyckades inte bli kvitt henne.

Jag gjorde inte något speciellt för att få henne, tänkte jag. Och inte gjorde jag något speciellt för att hålla henne kvar när hon kommit. Jag företog mig på det hela taget väldigt lite. Och nu var hon borta. Jag hade kanske inte sagt så mycket heller. Borde ha sagt mer. Och jag förebrådde mig själv för att jag inte hade sagt mer då när jag ändå var igång. Men när jag tänkte efter hade jag inga konkreta föreställningar om vad som kunde ha varit annorlunda. Jag gick raskt igenom de kunskaper jag satt inne med, men kom inte på något av intresse att tala om. Lite senare gick jag ner till biblioteket och lånade böcker om bävrar. Jag tänkte att det kunde vara en början.

241) Plötsligt ringde Marianne och frågade hur jag hade det. Så du ringer nu? sa jag. Ja, nu ringer jag, sa Marianne. Och hon undrade om det var något konstigt med det. Konstigt och konstigt, sa jag, och hon berättade att Tor hade tagit en massa bilder av en örnunge och att jag inte kunde föreställa mig hur söt och fulländad den var. Jag tillstod att jag inte kunde föreställa mig det.

Jag bad henne vara lite taktfull och inte prata om Tor när hon för en gångs skull ringde mig. Taktfull? sa Marianne. Och hon undrade vem jag helst ville att hon skulle prata om. Jag bad henne glömma hela saken. Hon sa att hon aldrig mer skulle flytta tillbaka till stan.

Hon älskade havet och ön därute. Hon hade aldrig förr känt sig så fri och levande. Menade hon. Det var dramatiskt, sa jag. Och Marianne bekräftade det. Livet är dramatiskt, sa hon.

242) Jag ville inte att mitt liv skulle stå tillbaka för Mariannes när det gällde dramatik. Jag sökte upp främmande caféer och ville vara ny och spännande. Det föll mig aldrig in att jag utan vidare satte likhetstecken mellan nytt och dramatiskt, och att det kanske var fel.

Jag kom i samtal med en flicka som var fullständigt genomfört vulgär. Hon böjde sig mot mig när hon skulle säga något, och varje gång hon öppnade munnen trodde jag hon skulle fråga om hon fick suga av mig. Hon pratade innehållslöst om sin onkel, som säkert var en hygglig typ. Det framgick att hon hette Lollik och jag lyckades bara precis undvika att se ut som om jag tyckte det var ett anmärkningsvärt namn. Vi pratade och drack öl och Lollik rökte fler cigaretter per öl än det jag (och många med mig) skulle hävda var etiskt försvarligt.

Jag undrade om vi kunde träffas dan därpå (på bio eller nåt?), men Lollik sa att hon inte såg någon orsak att vänta ända till nästa dag. Hon kunde lika gärna följa med mig hem nu ikväll. Först som sist. Det retade mig att hon var så totalt ointresserad av allt jag sa. Hon behövde över huvud taget inte mina ögon för att komma vidare i sina satser. Ögon har aldrig upptagit mig, sa Lollik.

243) Nästa morgon låg Lollik fortfarande i min säng. Hon bara låg där och trotsade varje definition. De stora brösten som vältrade sig och krävde plats, läpparna som till och med i sömnen var mer än genomsnittligt vulgära. Hon vaknade och sa att målningen på sovrumsväggen var skitful och att hon inte orkade med tanken på frukost. Lollik var en sån som inte äter om hon inte är tvungen. Och om jag tvingade henne? undrade jag. Det skulle hon tycka var sexigt, sa hon, men jag tvingade henne inte.

Lollik låg i sängen och pratade medan jag åt. Problemet var att hon inte tyckte om att börja äta, sa hon. Det kostade alltid på mycket att börja med saker och ting. Så fort hon väl kommit igång var det okej, men det var det där med att komma igång. Och sen var det det att sluta. Hon tyckte inte om handlingar som inte sträckte ut sig. Livet var uppstyckat, menade Lollik. Det ville hon motarbeta. Med hela sig. Jag sa att jag tyckte det hela lät enbart löjligt, men det intresserade henne minimalt vad jag tyckte. Men hon tyckte om att skita. Det var den enda orsaken till att hon på det hela taget fick i sig någon mat, hävdade hon.

Vi pratade lite allmänt om böcker. Jag drog fram ett par ur bokhyllan och undrade om hon hade läst dem. Det hade hon inte. Hon klarade inte av att läsa böcker som hon inte hade hittat själv. Om någon annan rekommenderat dem, fixar jag det inte, sa hon. Det var helt omöjligt. Även om alla hon kände sagt att en bok var vansinnigt bra, klarade hon inte av det. Nej. Och Lollik skakade vanmäktigt på huvudet. Hon fick kanske inte läst så mycket då? undrade jag. Det stämmer, sa Lollik. Jag frågade om hon såg på det här som ett problem, men det sa hon att hon inte alls gjorde.

244) Jag bestämde mig för att ge mig hän åt Lolliks vulgaritet en tid. Inte neka mig något. Jag ringde hostande till jobbet och sa att jag dessvärre var i färd med att dra på mig rökarfötter.

245) Efter några dagar såg jag Lollik äta ett ägg. Det var det absolut mest osmakliga jag nånsin hade sett. Ett kokt ägg som hon skalade och tryckte in i munnen i *en* rörelse. Hon tyckte om det på det sättet förklarade hon. Det var en handling i gränslandet. Ätandet blir lättare att acceptera. Det gav henne en känsla av att varken börja eller sluta. Hon bara åt, utan att nånting kom före eller efter. Jag undrade om det inte var samma sak när det gällde att röka cigaretter, men det ansåg Lollik inte kunde jämföras med att äta. Röka var något hon gjorde hela tiden. Utan avbrott. Var inte nånting hon började eller slutade med. Så det kostar inte på så mycket att tända en cigarett. Nej. I hastigheten kunde hon faktiskt inte komma på nånting som kostade på mindre.

246) Lollik sa att hon tyckte min lägenhet gav ett osedvanligt osmakligt intryck. Men det tyckte hon om. Det var ett oting att man alltid skulle ha det vackert omkring sig, tyckte hon. Hon tyckte om att vara hos mig. Hon tyckte om mig. Jag begärde så lite av henne, sa hon. Jag begärde bara just det som hon iddes ge. Antag att det förhåller sig på ett annat sätt? sa jag. Antag att det är så att jag godtar det jag fått så långt, och att jag ännu inte fått mig till att be om mer? Då skulle situationen vara en helt annan, menade Lollik. En helt annan och mycket mindre intressant. Jag sa att det kanske inte skulle dröja så länge då, förrän allt blev mindre intressant, men då såg hon bara frågande på mig. Oförstående och osäker. Och så gjorde hon något vulgärt med en tändsticka.

247) Kom så sticker vi ut till havet, sa jag en fredag eftermiddag. Det ville Lollik gärna. Lustigt nog. Jag ville visa Lollik för Marianne för att om möjligt locka fram ett uns ånger i hennes blick. Jag tänkte inte på att målet möjligen var en smula kortsiktigt. Vi åt mycket choklad på båten.

Vi gick mot Mariannes lägenhet. Fann den helt mörk och tom. Jag lagade till te och Lollik sa något provocerande som jag inte lyssnade på. Så la vi oss. Det fröjdade mig att Marianne skulle hitta mig sovande med en annan flicka på hennes madrass. Men nästa morgon var där fortfarande ingen Marianne att se. Vi frågade husägaren var Tor och Marianne kunde vara och han pekade mot ett fjäll och flaxade förlöjligande med armarna.

Allt är alltid längre bort än det verkar när någon pekar. Men efter tre timmar stod vi på toppen och Lollik sög på ett äpple. Jag frågade om hon inte bara kunde äta upp det. Det irriterade mig att hon gick och sög på det. Men hon älskade att känna hur äpplet sakta löstes upp i munnen, sa hon. Gillade tanken att hon med bara sin saliv kunde upplösa saker.

Jag gav mig till att ropa på Marianne, och plötsligt hoppade Tor fram från sitt skickligt kamouflerade gömställe och bad oss för helvete hålla käften. Åh, där är ni, sa jag. Och jag presenterade: Lollik-Marianne (Marianne-Lollik), Lollik-Tor (Tor-Lollik).

Lollik undrade vad de gjorde där uppe på fjället en lördag förmiddag och Tor svarade som vanligt att han höll på med örn.

Jag viskade till Marianne att jag hade kommit för att visa henne Lollik, men det var för mörkt inne i gömslet för att jag skulle kunna se hennes reaktion. Tor sa irriterat att vi måste sitta helt tysta och jag sa att jag inte kunde lova något. Det fanns en inte obetydlig grad av irritation i luften.

248) Jag hade inte tänkt längre. Inte förutsett att nånting skulle hända efter det här. Jag hade kommit för att konfrontera Marianne med konsekvenserna av hennes handlingar, få henne att ångra sig. Nu var det gjort och jag hade inte räknat med att det skulle komma nånting efteråt. Men det gjorde det. Det är ju det med livet, kom jag ihåg, att det aldrig tar paus. Inga befriande

svarta hål insvepta i musik där man kan gå och köpa karameller och suga på dem och slippa ifrån orsakssammanhangen. Ingenting tar slut förrän det verkligen gör det. Och då tar det slut så det förslår. Men det hade jag alltså aldrig tänkt på. Jag hade varit övermodig och inte tänkt långt nog, och nu satt jag i Tors örnskydd och anade att Marianne hade mycket lite till övers för Lollik. Lollik, å sin sida, struntade i vilket, sög på de sista resterna av äpplet och var på det hela taget nöjd med livet. Då mina ögon vant sig vid mörkret, såg jag att Marianne sände mig blickar som gjorde det tydligt att hon helt insåg vidden av det absurda i situationen.

249) Lollik pratade med Tor som låg med kikare och kamerautrustning framför en liten glugg. Jag helt enkelt älskar örnar, sa Lollik, och jag kunde se att Tor väntade på att hon skulle fråga om hon fick suga av honom.

Lollik sa flera gånger att hon mycket hellre hade velat vara örn än kvinna. Tor bad henne hålla käften och det gillade jag skarpt.

Tor antydde att det var lite trångt i gömslet och att han faktiskt hade ett jobb att göra. Marianne och jag strosade hemåt. Lollik bråkade sig till att få vara hos Tor. Men hon måste lova att vara helt tyst. Inte fråga om något, inte suga på äpplen, inte ta av sig kläderna. Bara vänta. Och Lollik lovade. Det är ju möjligt att hon var uppriktigt intresserad av örnar.

250) Jag vägrar att tro att du tycker om henne, sa Marianne. Tycker om och tycker om, sa jag. Och för övrigt kunde Marianne tro just vad hon ville. Lollik var det mest tröttsamma, vulgära och otrevliga Marianne hade varit i närheten av. Jag blev överraskad. Sa att det aldrig hade fallit mig in att betrakta Lollik på det viset.

251) En maximalt pinsam lördagskväll blottad på all mening. Kanske den mest förglömliga av alla lördagskvällar. Bara Lollik hade roligt och pratade om örnen hon hade sett och tycktes ha en helt igenom trevlig kväll. Vi andra grämde oss. Både Tor och jag ville ha den sista pizzabiten och inte ett ord föll mellan Marianne och mig.

Tidigt på söndag morgon tog Lollik och jag båten till stan. Lollik kunde naturligtvis gärna ha tänkt sig att vara lite längre där ute. En plötslig och kortvarig personlighetsförändring drabbade mig då båten la till vid kajen och Lollik ville att vi skulle gå hem till mig och grädda våfflor och ta av oss merparten av kläderna. Jag bad henne dra åt helvete. Försvinna. Hon hade inga förutsättningar att förstå vad det var som kom upp i mig. Men hon försvann, och jag gick hem och la mig och var fullständigt på det klara med att nu fick det vara nog. Lollik såg jag aldrig mer.

252) Jag började jobba igen. Ringde aldrig och sa att jag var sjuk. Hängav mig inte åt andra än mig själv (och knappt det). Då och då träffade jag Glenn. Vi skrattade och var som gamla vänner. Träffade också

Halfred. Vi tänkte ut ena sjuhelvetes idéer till nästa svensexa.

Varje gång jag kom hem såg jag den mellanstora byrån stå där med Mariannes stelnade strumpbyxor ovanpå. Det var en syn jag tyckte om. Jag la mina nycklar på byrån, samt en del andra dagligen förekommande saker (tandpetare, tändstickor, en och annan cigarett).

Jag förnyade mitt årskort till simhallen. Simmade åtskilliga kilometer och hörde ingenting från Marianne. Det gick många månader.

253) Jag var ensam. Marianne var inte längre där. Och ingen annan heller. Det var bara jag. Jag tänkte mindre på Marianne än jag hade fruktat att jag skulle göra. Jag försökte bagatellisera vårt förhållande, säga att det inte hade varit så mycket att ta vara på, och efter hand lyckades jag ganska bra med att nedvärdera henne. Det hände att jag satte mig på en stol i vardagsrummet, slog upp ett glas vin och funderade på allt vi upplevt tillsammans. Jag kom fram till att det inte var så mycket som det först kunde verka. Vårt samliv hade fått överdrivna dimensioner i mig, tänkte jag. Marianne var överdrivet omskruten. Söt och sexig, visst, okej, men vem är inte det? (när det kommer till kritan). Flicka som flicka. Och ett bra tag innan jag hade tömt vinglaset, brukade jag komma fram till att det inte alls hade varit något speciellt med Marianne.

Jag övade mig alltså i att vara ensam och jag fick efter hand till det ganska bra. Det blev snart lika oproblematiskt att vara ensam som det hade varit innan

Marianne hade börjat ringa på min dörr och insistera på sin existens.

254) Det blev vår igen och jag upptäckte att jag tyckte om att sitta i parkerna och se på folk som promenerade och hade trevligt med sina barn och sina vänner. Jag satt på gröna bänkar och hade det ena benet över det andra. Jag andades i den friska våren och det hände att jag funderade på att sluta röka.

255) Marianne i stan. En lördag förmiddag. Hand i hand med Tor. De handlade och jag kikade på dem genom fönstret till en blomsterhandel. Jag blev över huvud taget inte upprörd. Marianne hade längre hår nu. Elegant kappa. Jag var övertygad om att det skulle vara hemskare för henne att se mig än det var för mig att se henne. Jag för min del var färdig med henne, men, osäkert av vilka skäl, trodde jag att hon ännu inte var helt färdig med mig. Långt senare föll det mig in att det antagandet möjligen var lite förhastat och grundlöst, och att en psykolog kunde ha vältrat sig länge i olika tolkningar av det.

De kom ut ur affären och jag mötte dem. I händerna hade jag två förpackningar med tolv rullar toalettpapper och Marianne frågade om jag skulle hem och skita. Hon hade en blomsterbukett i den ena handen och Tor i den andra och hon frågade leende om jag skulle hem och skita.

Det var nog övermod snarare än elakhet.

256) För en tid var jag en dilettant i tillvaron. Var rastlös och utan övertygelse i mina tankar. Satt hemma och väntade på att något skulle ske. Kände på tiden som gick och trodde den var bortkastad. Jag försökte tänka ut hur allt idealt betraktat borde förhålla sig. La upp detaljerade planer där jag planerade och utredde möjligheten för en ny förälskelse. Tänkte kanske att om jag tog ut problemen i förväg, skulle jag lättare bli kvitt dem när de en gång dök upp.

Ingenting hände. Ingenting som inte jag själv tog initiativet till. Och jag tog inte något initiativ.

Jag bestämde mig för övrigt för att bli en av dessa som står sig skamligt bra i många år efter det att de blivit gamla och egentligen borde tyna bort. Jag ska nog visa dem, tänkte jag.

257) Så småningom förstod jag där jag satt att jag hade förhastat mig om livet. Det var inte så det skulle vara. Jag måste komma ut bland folk. Jag tänkte att allt nog skulle komma att ordna sig bara jag kom ut lite. Jag var ju trots allt att betrakta som något av en ungdom. Jag började med att bjuda hem en kvinnlig kollega på middag, men stora delar av kvällen kom vi, märkligt nog, att tala om oliver.

258) Jag promenerade i parken varje dag nu. Efter jobbet. Ibland istället för simhallen. Flera av de äldre kvinnorna som satt och stickade och nickade till varandra, började också att hälsa på mig. De tyckte jag var ung och charmerande och kanske var jag det. En av kvin-

norna gick så långt i sin lössläppthet att hon sa att hade hon bara varit femtio år yngre så skulle jag nog fått se på en kvinna som var dam för sin hatt.

På natten låg jag ett tag och önskade att hon hade varit femtio år yngre, och så, därefter, önskade jag att jag hade varit femtio år äldre. Men den sista tanken var skräckinjagande och jag blev rädd och kunde inte sova. Jag var förbannad på mig själv för att jag tänkt den, men också, djupast sett, tacksam för att så inte var fallet. Jag gick upp och åt frukost och bestämde mig för att allvarligt fundera över möjligheterna att sluta röka. Så fort som möjligt och helst samma dag.

259) En man kom bort till mig på bänken och bjöd mig på en cigarett (vilket jag avslog) och ville vara kompis. Nästan bästa kompis. Han böjde sig mot mig och berättade att vädret hade varit strålande klockan fem på morgonen den här dagen. Och han utgick från att jag hade sovit och missat ljuset. Jag nickade att jag inte hade lagt märke till det. Det var verkligen ett alldeles speciellt ljus över stan, förklarade han, och han böjde sig över mig i en påfallande onaturlig vinkel, och han berörde nästan mitt skrev med armbågen. Jag drog mig undan, men sa ingenting. Han gjorde det igen och jag reste mig och sa att hallå. Han slog avväpnande ut med armarna och sa att jag kunde vara fullständigt lugn och att han föredrog kvinnor framför män. Jag skulle inte bekymra mig om det. Nåja, han hade ju gjort det med alla möjliga, men slutsatsen blev nog att han vida föredrog kvinnor. Jag sa att för mig kunde

han föredra vem som helst, så länge hans planer inte involverade mig. Han reste sig för att gå och tog hövligt farväl och sa att jag nog borde försöka få med mig morgonljuset nästa dag. Sannolikheten för att ljuset skulle vara vackert då också, var säkert stor.

Efter det här blev jag skeptisk inför min nya vana att alltid vara ute och blanda mig med alla sorters människor. Men jag menade att det ändå var bättre än att sitta inne och förhasta sig i livet.

260) Jag vattnade blommor och tog in post och tidningar åt mina föräldrar som tillbringade pingsten på fjället. Min pappa hade skrivit en pinsamt noggrann lapp där han i ivriga ordalag påminde mig om att jag måste lägga ut solrosfrön till ekorrfamiljen som höll till i trädgården. Och påsen med solrosfrön var placerad på en så iögonenfallande piedestal att man måste vara blind eller mitt i en orgasm för att ha någon som helst möjlighet att missa den. Jag missade den inte, utan tog den med ut och strödde frön på planen, och jag blev både överraskad och glad när ekorrarna kom springande. Plötsligt förstod jag min fars entusiasm och fick ett sting av dåligt samvete för den brist på förståelse jag länge visat honom.

I högen med post måste det naturligtvis ligga ett brev från Marianne. Det utmärkte sig från de andra helt enkelt genom det faktum att det var från henne. Brevet bara låg där och var från Marianne. Jag ångade upp det och öppnade. Läste.

Det stod mycket om vädret och om att det nog skulle bli ett fint hjortronår därute på ön, och i övrigt hade Marianne det förmodligen ganska bra där ute mot havet, och alldeles i slutet stod det något om mig.

261) Det stod att Marianne var så ledsen för att det hade blivit slut på ett så dumt sätt mellan henne och mig. Och om mina föräldrar trodde att de kunde ha något inflytande på mig när det gällde detta, skulle Marianne vara tacksam om de kunde få mig att skriva till henne. Många tack på förhand, skrev Marianne. I ett brev till mina föräldrar. Ett brev som var menat att gå bakom ryggen på mig.

Det här passade så dåligt in i den världsbild jag på den tiden byggt upp åt mig, att jag inte kunde hantera dessa nya och oroväckande upplysningar om Marianne. Och på förbluffande kort tid lyckades jag förtränga det hela. Jag förträngde Mariannes brev så grundligt att det var som om jag aldrig hade läst det. Och därefter satte jag mig ned och åt en ordentlig portion med cornflakes.

262) Ännu en dag i parken. En pappa kom med sin lilla dotter. Ett barn, ivrigt som en liten boll som sprang runt i ett hämningslöst tempo och bara med nöd och näppe undgick att bli lemlästad av de större pojkarnas röda och gula cyklar. Hon upptäckte fontänen, att det lät sig göra att kasta stenar i den. Hon kastade, och visade en våldsam glädje när stenarna plaskade. Hon måste ha tyckt att det var oförutsebart och fantastiskt över allt förstånd. Och hennes pappa gav

allt. Han kröp på alla fyra för att finna stenar som var så pass små att hon skulle klara av att kasta dem mer än femtio centimeter. Barnet underhöll oss med en nästan obegriplig glädje. Hon gick helt upp i sin lek. Hennes pappa såg i min riktning (jag satt alldeles bredvid) och han gjorde en urskuldande gest, som om han visste att det hela måste verka tokigt, men att det inte var något han kunde göra åt den saken, och att det under alla omständigheter var ett ovanligt barn som man borde låta fritt visa vad hon kan och utan gränser ännu en tid. Jag slog naturligt ut med armen och sa att ja, för all del.

Trots att hon stod på kanten av fontänen, nästan över vattnet, träffade hon det bara någon sällsynt gång. Men med en lycka så oändlig att den fick mig att tänka. En vällust så enkel och gedigen att jag måste ta mig för pannan och undra vad i hela världen jag höll på med. Och min bristande förmåga att svara på detta, tog lite musten ur mig. Jag gick hem och gräddade våfflor. Så många att jag blev tvungen frysa ner merparten.

263) Inga fler cigaretter nu. Jag hade slutat. Och jag levde i en känsla av att spara åtskillig tid, och bara för att bevisa för mig själv att jag inte längre förhastar mig om livet kom jag flera gånger med vilje försent till spårvagnen. Jag sa till mig själv att hoppsan, då tar du väl bara nästa.

264) En eftermiddag ringde det på dörren och en man i mörk kostym stod utanför, professionellt förväntansfull. Han frågade om jag ofta tänkte på begravningar.

Nej, det tänkte jag över huvud taget inte på. Om jag hade fem lediga minuter, skulle han berätta lite för mig om saken. Okej, sa jag, men inte en sekund mer.

Hade jag tagit ställning till min egen begravning? Nej, inte. Jaja, jag var ju ung och frisk, men det kunde ändå hända något nästa dag. Kanske medan jag cyklade, vem vet? Och han sa att det i såna situationer var skönt att veta att allt skulle tas om hand. Jag menade att mina föräldrar säkert skulle klara en sådan situation mycket väl. Jojo, men visste mina föräldrar t.ex. vilken typ av musik jag ville ha på min begravning? Det visste de nog inte, sa jag, men jag litade på dem. Agenten menade att man inte utan vidare borde lita på andra i så allvarliga angelägenheter. Själv hade han musiken klar (och ända sedan han var nitton hade han vetat vad hans sista ord skulle vara). Om du får tid att säga dem, insköt jag. Ja, det förstås. Sånt vet man ju inte. Men han skulle nog få tid, menade han.

Han såg helst att jag signerade några papper här och nu och betalade en del pengar så att det hela skulle bli omhändertaget på ett tryggt och professionellt sätt (om olyckan nu skulle vara framme). Jag bad honom dra åt helvete och han stod i några sekunder och undrade om jag verkligen hade sagt det. Och det hade jag. Jag har andra saker än min begravning att bekymra mig om, sa jag, och jag öppnade dörren för honom och han sa adjö. Och innan han försvann tipsade jag honom om att han vid tillfälle borde sticka inom hos Tor och Marianne ute vid havet. De hade väl inte heller planerat sin begravning så noga.

265) Denna vår slutade jag förakta hur tacksamma duvor är när man ger dem mat. Jag hade alltid trott att alla matade duvorna, men det visade sig att det var ett överväldigande flertal av äldre människor som höll på med det (iallafall i de parker där jag vankade). Därför började jag mata dem. Samlade torrt bröd i en påse. Tänkte lite på att någon kanske tyckte att jag var snäll och omtänksam.

Jag fick fin kontakt med speciellt en duva. Jag kallade den för Tone. Tone fick alltid de bästa bitarna av brödet, eller de bitar som jag, som icke-duva, ansåg vara de bästa för duvor. Jag märkte så småningom att Tone hade en liten metallring runt ena foten, och jag var inte helt säkert på om jag tyckte om tanken att någon annan än jag var medveten om hennes existens. Men det var det uppenbarligen någon som var. Jag tyckte det var ett otyg att sätta ringar på fåglar. Tor gjorde det säkert på örnar, tänkte jag, och Marianne tyckte kanske att det var tufft gjort.

Jag matade Tone ofta. Inte varje dag, men nästan. Jag inbillade mig att hon väntade på mig vid bänken innan jag kom, att det var henne jag hörde om jag hörde fågelljud på natten.

266) Det hände att jag drev omkring utan mål och tittade i skyltfönster. Det fanns mycket fint att titta på, och på det viset kom jag att älska en kvinna i en klädaffär. Jag stod och tittade på henne och älskade henne i flera timmar. Hon pratade i en mobiltelefon. Rörde sig runt i rummet, oberörd, som om inget hade hänt. Hon

behandlade detta förbluffande instrument med en upphetsande självklarhet. Gick bort till fönstret medan hon slog ett nytt nummer, såg på mig ett kort ögonblick och gav mig tankar om det erotiska i avancerad elektronik. Hon satte sig på skrivbordet, bläddrade i en tidskrift hela tiden medan hon talade, och det framstod för mig som enkelt att älska en kvinna som var så du med modern teknologi.

Jag hade lust att gå in till henne och bara berätta allt som det var, men det blev så att jag gick hem utan att hon visste att jag fanns till i världen.

Utan att jag var medveten om det måste jag ha haft en rationell förankring i något som var tyngre än jag själv.

267) En dag kände jag mig märkligt nere och opasslig i världen. Jag sökte upp Halfred och vi spelade kort i flera timmar. Till slut orkade jag inte mer och jag sa till Halfred att jag inte tyckte livet var särskilt värt att leva. Halfred såg på mig och sa att han förstod att det var möjligt att tänka så, men att han å andra sidan inte kunde föreställa sig vad som kunde vara värt att leva om det inte just var livet. Och jag blev tvungen att medge att han hade en poäng där. Du säger något, sa jag.

268) Min pappa ringde mig. Han sa hej och inledde med att fråga om jag fick i mig nog med mat och alla såna saker. Ja, sa jag. Och utan övergång frågade han om jag inte hade tänkt på att ta kontakt med Marianne igen. Jag svarade nej, att det hade jag inte tänkt på.

Min pappa menade att det kanske kunde vara något att tänka på (Marianne hade ju varit så söt och fin, sa han). Och jag förstod att han var bekymrad över att jag tillbringade så mycket tid ensam.

Jag frågade hur han hade kommit att tänka på detta. Nej, inte för något, sa min pappa. Inte för något särskilt. Han hade bara velat nämna det.

269) Så kom jag alltså att tänka på Marianne igen. Jag tänkte, och hon tog gestalt i mig och jag tyckte det var obehagligt och onödigt. Synd att jag skulle börja med det nu när jag hade förträngt henne så väl. Men det var inte något jag kunde göra något åt och det tyckte jag om. Tyckte om att säga till mig själv att det inte var mycket jag kunde göra åt det. Det gjorde mig på sätt och vis till ett offer för mina egna tankar och till slav under mina drifter. Det var inget tvivel om att jag var en lidelsefull människa.

Men jag satt fortfarande inne i stan och Marianne var likt förbannat på en ö ute i havet. Och det var helt klart att det inte var tal om att skriva till henne. Det var trots allt hon, och inte jag, som hade inlett ett förhållande med Tor och det finns faktiskt gränser.

Jag hade ett jobb där arbetsoperationernas grad av kontinuerligt fortlöpande gradvis avtog, och jag matade min duva med en visserligen avtagande men ännu charmerande iver. Men att säga att jag hade det bra, att jag trivdes och onanerade bekymmerslöst på kvällarna – det skulle vara ett uttalande som det inte fanns täckning för.

270) Det gick en tid då inget hände.

Tone började försvinna. Hon väntade inte otåligt vid bänken när jag kom med min påse med smulor. Jag tänkte att hon kanske flugit till ett varmare ställe, men något sa mig att duvor inte är flyttfåglar, och då blev jag förnärmad. Jag lät duvor vara duvor och tappade fullständigt intresset för dem.

På jobbet hade man ordnat det så att jag fick en skylt med mitt namn på. Jag fäste skylten på skjortan och mina kolleger kallade mig vid efternamn. Jag tänkte att det var då iallafall något. Och det var det tvivelsutan.

Och det blev vinter och vår och nästan sommar på en gång, och en kväll tidigt på sommaren ringde det på dörren.

Det var Marianne.

Är det du? frågade jag. Och det var hon. Vad tror du? frågade hon. Nej, tror och tror, sa jag.

271) Jag sa att jag var överraskad och att jag hade trott att hon aldrig ville tillbaka till stan. Hon slog ut med

armarna och sa att jag mycket väl visste hur lätt det var att säga pompösa saker när man hade det bra, men det var något annat när det kom till kritan. Jag frågade om det hade kommit till kritan nu och det trodde hon.

Men Tor? frågade jag. Nej, Tor, sa Marianne, och hon lät mig förstå att han bara var upptagen av örnar. Jag frågade om han var upptagen av örnar också om natten. Ja, om natten också, sa Marianne. Och jag nickade och sa att det var klart att en man som var upptagen av örnar om natten nödvändigtvis måste komma till korta i längden.

272) Marianne hittade ett hyresrum. Inte långt från min lägenhet. Kanske inte mer än tjugo minuters intensiv promenad (om allt klaffade med trafikljusen – och det gjorde det som regel). Men jag gick inte ofta dit.

Hon hade alltså kommit tillbaka. Lika plötsligt som den gången då vi blev ihop och lika plötsligt som det blev slut den gången när Tor dök upp. Hon var kort och gott tillbaka. Men vi bodde var och en för sig, och varken jag eller någon annan trodde att Marianne och jag var ihop.

Vi träffades inte ofta, men vi träffades, och ingen av oss träffade någon annan mer än vi träffade varandra.

273) Och Lollik? undrade Marianne. Nej, Lollik, sa jag. Och Marianne frågade skonsamt om inte Lollik hade varit lite vulgär (när allt kom omkring). Jag svarade tja, att det kunde väl hända och vi var tysta en lång stund. Så blev vi mjuka och väldigt snälla. Slutade upp

att säga att det kanske var bättre att någon var vulgär än att ingen var det.

274) Det hände ett par gånger att Marianne tog mig i handen medan vi var ute och gick. Jag tyckte inte om det och hittade på mer eller mindre finurliga ursäkter för att kunna hålla mina händer för mig själv. Och plötsligt en kväll ville hon att vi skulle älska och det gjorde vi. Vi fick orgasm samtidigt och jag tyckte det var storartat. Jag var ivrig och pratade om det ganska länge efteråt. Marianne hörde på mig medan hon tände sig några cigaretter och sa att hon var glad att se min iver, men att hon, för sin del, hade upplevt såna saker flera gånger tidigare.

275) Jag frågade Marianne hur det var med hennes förhållande till trådlösa telefoner. Hon tyckte inte om såna saker, sa hon, men hon kunde inte förklara varför. Hon måste väl ha en orsak, menade jag. Men det måste hon inte alls.

276) Det kom för mig att jag ville låta klippa mig. Marianne blev överraskad av mitt initiativ och hon prisade mig. Hon visste precis vart jag borde gå, sa hon, och det var viktigt att en man vid namn Tim klippte mig. Denne Tim var en gammal bekant till Marianne och hon kunde garantera att han skulle vara mycket duktig och omsorgsfull med saxen.

Jag satt i frisörstolen och var spänd och fick mig inte till att fråga om mannen med saxen hette Tim, men i överensstämmelse med det Marianne hade sagt, kunde det lika gärna vara han som någon annan. Han frågade vad som var problemet och jag sa (som sant var) att det inte var något problem, men att han gärna kunde klippa mig kort. Hur kort? undrade han, och jag bad honom ta så mycket att det inte lämnade något tvivel. Om vad? frågade han. Om att det är kort, sa jag.

Och han klippte och det var inget tvivel. Kort var ordet, och jag tänkte att det är lustigt hur ett ord bara plötsligt kan dyka upp och vara helt passande.

277) Men det var inte Tim som hade klippt mig och Marianne var sårad för att jag inte hade följt hennes rekommendation. Det föll sig bara inte så, sa jag, men Marianne menade att det hade varit upp till mig att låta det falla sig så, och hon menade att min ursäkt att jag inte visste hur Tim såg ut inte höll över huvud taget. Jag borde ha frågat, borde ha försäkrat mig om att mannen med saxen hette Tim. Det hade jag inte gjort, och Marianne hade fått en hake på mig. Jag var föraktlig och oduglig, fixade aldrig något som helst. Jag var hjälplös intill förtappelse. Jag påpekade att om jag hade insisterat på att få Tim, så skulle jag samtidigt ha dragit den andre mannens färdigheter i tvivel. Ja, och än sen? sa Marianne.

Det var hur som helst inget tvivel om att jag var fin i håret, men Marianne kunde förstås inte låta bli att nämna hur fin i håret jag skulle ha varit om jag hade låtit Tim klippa mig. Nej, det kommer vi aldrig att få veta. Jag måste ge henne rätt.

278) En kväll på stan med grabbarna och en massa öl. Bent och Glenn och Halfred och några till. Vi blev fulla och sa att vem behöver flickor? Jag tillhörde inte dem som drack allra minst, och jag roade mig på Mariannes bekostnad. Jag flabbade högljutt och berättade vilken sorts binda hon använde. Jag ångrade mig genast.

279) Marianne kom på besök en kväll. Hon hade med sig en påse äpplen. Strök mig över mitt millimeterkorta hår och sa att jag hade en tilltalande huvudform.

280) En vecka senare ringde hon medan jag satt och spelade Ludo med Halfred. Hon frågade om jag visste vad och jag svarade nej. Hon hade tänkt, sa hon, och hon hade kommit fram till att vi borde flytta ihop igen. Trodde hon verkligen det? Och det visade sig att hon verkligen trodde det. Jag sa att det spontant inte föreföll mig vara en bra idé. Som jag såg det var risken stor att det skulle bli en tabbe. Men Marianne fnös och menade att jag inte borde hänga upp mig på hur jag reagerade spontant. Okej. Jag skulle tänka på det.

Jag berättade för Halfred om Mariannes förslag och han sa nåja och knuffade alla mina fyra brickor tillbaka till utgångspunkten. Han skrattade och sa att det var idioti att spela med alla fyra brickorna i torn. Livsfarligt. Jag tog förlusten med besinning och försökte koncentrera mig på Marianne.

Halfred ville spela en gång till och jag sa varför inte.

281) Hon började komma tillbaka oftare nu, Marianne. Flera kvällar i veckan. Som förr, just innan jag skulle gå och lägga mig. Hon tyckte vi hade så mycket att prata om, sa hon. Frågade om jag kom ihåg det ena och det andra, och jag kom ihåg. Hon måste ha tyckt att det var häftigt att tänka på att det fanns saker och ting här i världen som bara hon och jag hade förutsättningar att minnas. Och varje gång jag lät det komma dithän, insåg jag att det faktiskt var en häftig tanke. Hon pratade, och det gick lång tid mellan var gång hon sökte min blick, men då var jag där, som väntande. Jag kunde intervallerna nu. Flöt på gammal vana.

282) En kväll hade jag tänkt lite och jag berättade det. Jag sa att det fanns situationer som bara borde levas *en* gång i livet. Vi behöver händelser som markerar utveckling, sa jag. Händelser som vi kan se fram mot, leva dem när de kommer, och minnas dem efteråt. Det är sådana händelser som markerar att tiden finns, sa jag och kunde se att Marianne himlade med ögonen och var föga intresserad.

Vårt förhållande markerar ett sådant stycke tid, fortsatte jag, ett stycke tid som hade sin början och som enligt min mening också har haft sitt slut. Vi borde inte dra ut på det, menade jag, vi borde inse att vissa saker bara tar slut. Och jag tyckte att jag hade förklarat mig bra och att detta borde hålla. Anade en möjlighet att komma torrskodd i land.

Och så var det Mariannes tur. Jag tänkte för mycket, menade hon, mina tankar var ett hinder för mig, jag var alltför upptagen av vad som skulle komma efteråt, och jag måste inse att vi människor skulle hålla på med andra saker än att samla på minnen. Personligen struntade hon i allt som inte var just nu, sa hon, och det borde jag också göra. Och dessutom tänkte jag alltför generellt. Diskussionen handlade om oss (hon låtsades inte höra när jag påpekade att jag inte ett ögonblick hade trott att det handlade om några andra). Vi skulle bara ge fan i alla andra. Deras erfarenheter var inte våra och kunde aldrig bli det och hade vi haft det allright tillsammans eller hade vi inte? Jo, vi hade väl det då. Ja, där kunde jag själv se. Och då bestämmer vi så, sa Marianne.

283) Jag sa till Marianne att hennes största problem är att hon inte kan lyssna. Det kan jag visst, sa Marianne. Nej, sa jag. Och hon vidhöll att hon kunde. Det verkar inte som om du lyssnar, sa jag, men hon menade att jag inte skulle hänga upp mig på vad det verkar som. Hon lyssnade, punkt och slut.

Men hur kan det då komma sig, Marianne, att när du tar avstånd från något så ska jag respektera det mycket mer än du gör när jag tar avstånd från något? Hon menade att det kanske hade något att göra med att hennes distans till det objekt som det togs avstånd ifrån i regel var åtskilligt större än min. Hon var ärlig, sa hon. Men jag var feg (och det hade jag varit så länge hon känt mig). Jag måste snart lära mig att det inte är möjligt att ta avstånd från något och samtidigt behålla avståndet så litet att det kan upplösas på ett ögonblick. Det är feghet, menade hon.

Jag hade inget att säga till allt detta. Så vitt jag visste kunde det mycket väl tänkas att hon hade rätt.

284) Under ett par tre kvällar broderade Marianne ut temat om henne själv och att det var antingen eller. Hon nämnde också min feghet ganska ofta. Jag blev irriterad och sa att jag hade fattat poängen nu, men att om hon ville, så kunde hon gott upprepa det hela några gånger till (ifall hon då skulle känna sig ännu säkrare på att jag hade förstått det). Jag var arrogant och ofin, menade hon, och jag gjorde inte något försök att dölja att det var just det jag försökt vara.

Vi var tysta en stund, och så sa jag att hon inte behövde tvivla på att jag tyckte om henne ganska mycket. Och strax efteråt sa Marianne att hon också tyckte om mig. Och vi såg på varandra.

285) Men allt det här, sa jag, behövde ju inte nödvändigtvis innebära att vi inte skulle flytta ihop igen. Marianne undrade vad i all världen det kunde innebära om inte just det. Nej, säg det, sa jag. Och Marianne menade att där hade vi ännu ett bevis på min våldsamma feghet. Inte den nu igen, sa jag. Men hon tog den igen. Den och inget annat.

286) En kväll tog jag våfflor ur frysen och sa att vi kunde väl vara vänner även om vi inte bodde ihop. Nej, det kunde vi i varje fall inte. Inte tal om. Minst av allt. Nu är det du som är laestadian igen, sa jag, och

det höll hon med om att hon var. Gav med sig. Så att vi kunde vara vänner.

Men vad vill det egentligen säga att vara vänner? frågade Marianne, och det visade sig att ingen av oss hade gränserna klara för sig. Jag undrade om det t.ex. betydde att vi kunde ligga med varandra (en gång emellanåt – när det föll sig så). Ja, Marianne trodde inte att det skulle vara något hinder i vägen för det. Som just nu? frågade jag. Okej, sa Marianne. Och så tog vi av oss alla kläderna.

287) Det hände fortfarande att jag somnade medan hon pratade. Och hon fattade inte vinken. Om jag vandrade runt i rummet och borstade tänderna gång på gång, frågade hon bara om jag var rädd att få hål i tänderna, och om jag ville så kunde hon följa med mig till tandläkaren.

288) Någon sällsynt gång blev jag engagerad och vi växlade en och annan mening. Jag frågade vad hon trodde om det att bli gammal (ta översten till exempel). Skulle man bekymra sig om det hela tiden, anpassa sig till en kommande ålderdom, eller borde man hellre köra hårt. Jag sa att jag tänkte en hel del på det. Vad tyckte hon? Nej, hon tyckte inte man skulle bränna ut sig. Trodde inte på det. Men att låta det stå sådär någorlunda till – det trodde hon på, och hon tittade snett på mig, utan att jag förstod vad det skulle betyda. Hon kunde gott tänka sig att bli gammal själv, sa hon (och kanske hon borde börja förbereda sig för det). Jag

kände att jag hade ett skapligt försprång och att jag redan tillhörde dem som står sig skamligt bra.

289) Marianne undrade hur jag skulle framställa henne om någon hade bett mig berätta om henne. Varför undrade hon det? Nej, inte för något, hon hade bara kommit att tänka på det. Jag sa att jag säkert skulle ha sagt att hon var väldigt snäll. Snäll? sa Marianne. Ja, en tvärs igenom god och snäll flicka. Hon sa att snäll inte var ett ord som hon hade ett bra förhållande till, och jag föreslog att hon kanske borde försöka göra något åt det.

290) Hon kom ofta nu. Marianne. Ringde två korta signaler på dörrklockan och log ogenerat när jag öppnade. Jag somnade och hon blev förnärmad, frågade om hon var en så ointressant person att jag inte orkade hålla mig vaken. Jag sa att sanningen att säga så var jag ganska trött, och jag kunde inte veta om hon var intressant eller inte, därför att jag, som sagt, hade sovit.

Marianne tyckte inte om svaret och hon sa att hon gott kunde gå sin väg. Jag skulle bara inte tro att hon inte hade andra ställen att gå till. Det trodde jag inte. Och om jag hade något bättre att ta mig för så skulle jag bara säga till. Nej, bättre och bättre, sa jag. Det skulle isåfall vara att sova lite. Och Marianne gick hem. God natt då, sa jag. God natt själv, sa Marianne.

291) En kväll frågade jag om Marianne trodde att människan har en fri vilja och det menade hon att jag

kunde ge mig fan på att vi har. Och för övrigt så behövde jag inte låtsas att det var något som upptog mig, sa hon. Hon visste mycket väl att vilja och såna saker inte intresserade mig ett dugg. Jag blev arg och frågade om hon någon gång tänkt på vad det var för slags förhållande vi hade. Hon svarade, som tidigare, att hon mest var upptagen av det som försiggick just i ögonblicket. Hon tänkte faktiskt aldrig på vad för sorts förhållande vi hade, sa hon. Aldrig? frågade jag. Ja, så gott som aldrig. Och det tyckte jag var sällan.

292) Hon kom varje kväll nu. Och hon började ringa mig på jobbet och fråga om hon skulle ta med det ena eller andra (några ägg, kanske? en paprika?). Jag sa att det lät bra.

Hon pratade fortfarande om tystnad, om hur skönt det är att bara vara ensam. Om att finna lugnet i sig själv. Balans. Så pratade hon som sitt hyresrum. Trivdes inte där. Hon borde kanske försöka hitta något annat? sa jag, och hon nickade, men gjorde ingenting åt det. Och då och då frågade hon mig hur det låg till när det gällde att flytta ihop igen. Jag sa att jag inte hade tänkt på det, så det förblev en öppen fråga. Ingen av oss kunde säga något vettigt om den, och särskilt inte Marianne.

293) En kväll la jag mig ovanligt tidigt. Jag hoppades att jag skulle ha somnat innan Marianne kom, och jag somnade, men vaknade av dörrklockan. Öppnade dörren med sömntunga rörelser och Marianne stod utan-

för och undrade varför det tagit så lång tid och jag förklarade att jag hade sovit. Hon frågade om jag helst ville att hon skulle gå så att jag kunde sova vidare och jag nickade, men hon såg inte det, och dessutom hade hon redan tagit av sig skorna och satt dem fint och ordentligt i ett skåp.

Hon sa att hon hade börjat tro att jag hade försökt lura henne. Lura henne till vadå? frågade jag. Till att tro att jag inte var hemma till exempel, sa hon. Varför skulle jag göra något sådant? undrade jag. Nej, det visste hon inte. Men jag kunde ju ha mina skäl.

Jag sa ja, att det kunde jag ju faktiskt ha.

294) En tid senare visade det sig att Marianne var gravid. Med Tor. Marianne hade låtit sig befruktas.

Jag sa att nu får det ta mig fan vara nog, men hon lugnade ner mig och sa att jag inte skulle bli så häftig. Vilken roll spelade det egentligen om barnet var mitt eller Tors? Jag kunde väl bli en lika bra pappa för det som Tor skulle ha blivit. Menade Marianne.

Och vi tittade på bilder av små bebisar och jag måste ju hålla med om att de var oroväckande söta.

295) Marianne ringde mig på jobbet och frågade om vi inte skulle äta middag tillsammans hemma hos mig. Jo, vi ska väl det, sa jag. Och det skulle vi.

En smula osäkerhet var knuten till frågan om vi skulle handla tillsammans eller om bara en av oss skulle göra det. Jag menade att det kunde vara trevligt att gå i butiken tillsammans och lägga varor i vagnen och prata om saker vi tyckte om och inte tyckte om, men Marianne sa att jag alltid gjorde allt så förbannat komplicerat, måste jag det? Jag sa att nej, det måste jag inte. Men då handlar bara jag, då, sa Marianne. Och jag sa ja, glad över att en av oss hade tagit över och att det inte hade varit jag.

Vi lagade mat och Marianne tyckte det var ett otyg att det absolut måste vara tomatsmak på allt möjligt.

296) Marianne pratade och pratade (hennes pappa, Tor, böcker om intimmassage, kärnmjölk, det kommande barnet och jag vet inte vad). Hon hade börjat lämna kvar sin tandborste på en hylla i badrummet. En egen handduk på en krok, och det hände allt oftare att vi sov i samma säng. Hon pratade och jag sov eller halvsov och på morgonen läste hon högt ur tidningen innan jag gick till jobbet. Hon skulle inte sova hos mig så många nätter, sa hon, bara några få, tills hon fick röjt upp i sitt äckliga hyresrum. Men hon röjde inte upp i det.

297) Marianne stickade babykläder och hon ville att jag skulle ringa min mamma så att också hon kunde sticka några sparkbyxor och sådant. Jag ringde henne inte. Märker du inte att du går över gränsen? frågade jag. Vilken gräns? Sa Marianne. Och hon tittade på mig med sina ljusblå ögon.

298) Är vi ihop nu, då? frågade jag en kväll, tidigt på hösten. Marianne visste inte riktigt, men hon antog det. Ja, är vi inte det? sa hon.

299) Och för en gångs skull hade Marianne inte så mycket hon skulle säga, så vi la oss tidigt. Vi var trötta, men hade lust att ligga med varandra och det gjorde vi. Det gick bra på alla sätt.

Marianne somnade med en gång efteråt, men jag blev liggande och tänkte på att saker och ting hade blivit som förut. Har det inte varit något fel, då? undrade jag. Har allt egentligen varit bra hela tiden? Men jag visste inte vad jag skulle svara.

Om allt är som förr betyder det väl att situationen är fin, att allt är bra nu och att det har varit bra hela tiden. I motsatt fall måste det ju betyda att det inte vid någon tidpunkt har varit bra, och att det inte heller är bra nu.

Och jag såg bort på Marianne, på hennes läppar. Mycket vackra, läpparna.

Och jag somnade med de här tankarna i huvudet.

300) Och mitt i natten vaknade jag.

Lamslagen av tanken på att den enda i hela världen som skall leva mitt liv är jag.

## Böcker till lågpris i ManPocket

| | |
|---|---|
| Isabel Allende | Ödets dotter |
| Douglas Adams | Liftarens guide till galaxen |
| Mitch Albom | Tisdagarna med Morrie |
| Karin Alvtegen | Saknad |
| Karin Alvtegen | Skuld |
| Lena Andersson | Var det bra så? |
| Karen Armstrong | Kampen för Gud |
| Werner Aspenström | Samlade dikter |
| Kate Atkinson | Känslomässigt udda |
| Margaret Atwood | Den blinde mördaren |
| Jane Austen | Northanger Abbey |
| Paul Auster | New York-trilogin |
| Majgull Axelsson | Aprilhäxan |
| Majgull Axelsson | Långt borta från Nifelheim |
| Majgull Axelsson | Rosario är död |
| Majgull Axelsson | Slumpvandring |
| Trezza Azzopardi | Gömstället |
| Marianne Berglund | Den förlista |
| Bhagavad-Gita | Vishet och yoga |
| Maeve Binchy | Nora O´Donoghues dröm |
| Judy Blume | Sommarsystrar |
| David Bodanis | $E = mc^2$ |
| Louise Boije af Gennäs | Ingen mänska en ö |
| Louise Boije af Gennäs | Ju mer jag ser dig |
| Louise Boije af Gennäs | Rent hus |
| Louise Boije af Gennäs | Stjärnor utan svindel |
| Louise Boije af Gennäs | Ta vad man vill ha |
| Joan Brady | Gud på en Harley-Davidson |
| Joseph Brodsky | Kommentarer från en ormbunke |
| David Eliot Brody/Arnold R. Brody | Upptäckterna som förändrade världen |
| Charlotte Brontë | Jane Eyre |
| Ernst Brunner | Stoft av ett stoftkorn |
| Ernst Brunner | Vallmobadet |
| Carina Burman | Islandet |
| Candace Bushnell | 4 blondiner |
| Candace Bushnell | Sex and the City |
| Deepak Chopra | Vägen till kärlek |

| | |
|---|---|
| J.M. Coetzee | Onåd |
| Jenny Colgan | Amandas bröllop |
| Michael Connelly | Dockmakaren |
| Michael Connelly | Poeten |
| Michael Connelly | Svart eko |
| Michael Connelly | Svart is |
| Patricia Cornwell | Fula fiskar |
| Patricia Cornwell | Getingboet |
| Alain de Botton | Filosofins tröst |
| Jeffery Deaver | Den tomma stolen |
| Philippe Delerm | Sundborn |
| Inger Edelfeldt | Det hemliga namnet |
| Susanna Ehdin | Den självläkande människan |
| Åke Edwardson | Dans med en ängel |
| Åke Edwardson | Genomresa |
| Åke Edwardson | Gå ut min själ |
| Åke Edwardson | Låt det aldrig ta slut |
| Åke Edwardson | Rop från långt avstånd |
| Åke Edwardson | Sol och skugga |
| Åke Edwardson | Till allt som varit dött |
| Dave Eggers | Ett hjärtslitande verk av förbluffande genialitet |
| Stefan Einhorn | En dold gud |
| Fredrik Ekelund | Jag vill ha hela världen! |
| Gunnar Ekelöf | Dikter |
| Ben Elton | Fruktlösa försök |
| Nicholas Evans | Mannen som kunde tala med hästar |
| Christine Falkenland | Själens begär |
| Janet Fitch | Vit oleander |
| Ken Follett | Edens hammare |
| Colin Forbes | England i dödlig fara |
| Karin Fossum | De galnas hus |
| Karin Fossum | Den som fruktar vargen |
| Karin Fossum | Evas öga |
| Karin Fossum | När djävulen håller ljuset |
| Karin Fossum | Se dig inte om! |
| John Fowles | Illusionisten |
| Sigmund Freud | Fallstudier |
| Jostein Gaarder | Maya |

| | |
|---|---|
| Patricia Gaffney | Räddande änglar |
| Alex Garland | Det okändas omkrets |
| Elizabeth George | Den verkliga brottslingen |
| Elizabeth George | Fullständiga bevis |
| Kahlil Gibran | Profeten |
| Anita Goldman | Mållös |
| Jane Green | I valet och kvalet |
| Jane Green | Mellan raderna |
| Göran Grip | Allting finns |
| John Grisham | Brödraskapet |
| John Grisham | De utvalda |
| John Grisham | Försvararen |
| John Grisham | Partners |
| John Grisham | Testamentet |
| Jens Christian Grøndahl | Hjärtljud |
| Jan Guillou | Tempelriddaren |
| D. W. Hamlyn | Filosofins historia |
| Robert Harris | En ängel i Archangelsk |
| Thomas Harris | Hannibal |
| Stuart Harrison | Snöfalken |
| Marie Hermanson | Musselstranden |
| Madeleine Hessérus | Den döda drottningen och andra berättelser |
| Johanne Hildebrandt | Blackout |
| Hanne-Vibeke Holst | Det verkliga livet |
| Hanne-Vibeke Holst | En lycklig kvinna |
| Hanne-Vibeke Holst | Thereses tillstånd |
| Nick Hornby | Fever Pitch |
| Nick Hornby | High Fidelity |
| Nick Hornby | Om en pojke |
| Christian Jacq | Ljusets son, Ramses 1 |
| Christian Jacq | Evighetens tempel, Ramses 2 |
| Christian Jacq | I solgudens namn, Ramses 3 |
| Christian Jacq | Härskarinnan i Abu Simbel, Ramses 4 |
| Christian Jacq | I akacieträdets skugga, Ramses 5 |
| Lars Jakobson | I den Röda Damens slott |
| Anna Jansson | Alla de stillsamma döda |
| Anna Jansson | Stum sitter guden |
| PC Jersild | Ljusets drottning |

| | |
|---|---|
| Kjell Johansson | En rövarhistoria |
| Terry Jones | Douglas Adams Stjärnskeppet Titanic |
| James Joyce | Odysseus |
| Douglas Kennedy | Den gåtfulle fotografen |
| Marian Keyes | En oväntad semester |
| Marian Keyes | När Lucy Sullivan skulle gifta sig |
| Marian Keyes | Vattenmelonen |
| Jan Kjærstad | Erövraren |
| Jan Kjærstad | Förföraren |
| Per Källén | Bevisbörda |
| David Lagercrantz | Ett svenskt geni |
| Dennis Lehane | Rött regn |
| Dennis Lehane | Svart nåd |
| Donna Leon | Död i främmande land |
| Donna Leon | Högvatten |
| Donna Leon | Klädd för döden |
| Marc Levy | Om det ändå vore sant |
| Sara Lidman | Oskuldens minut |
| Torgny Lindgren | I Brokiga Blads vatten |
| Unni Lindell | Ormbäraren |
| Gunnar Lindstedt | Svindlande affärer |
| Fredrik Lindström | Världens dåligaste språk |
| Josie Lloyd & Emlyn Rees | Tillsammans |
| Erlend Loe | Blåst |
| Erlend Loe | Naiv. Super. |
| Karel G. van Loon | Passionsfrukten |
| Bodil Malmsten | Samlade dikter |
| Ed McBain | Sokrates bägare |
| Frank McCourt | Lyckans land |
| Frank McCourt | Ängeln på sjunde trappsteget |
| Ian McEwan | Kärlekens raseri |
| Tamara McKinley | Matildas sista vals |
| Andy McNab | Kris Fyra |
| Alice Miller | Det självutplånande barnet |
| Jacquelyn Mitchard | Där havet slutar |
| Deborah Moggach | Tulpanfeber |
| Marlo Morgan | Budskap från andra sidan |
| Peter Mosskin | Skänk åt den fege en hingst |
| Caroline Myss | Andens anatomi |

| | |
|---|---|
| Caroline Myss | Helandets kraft |
| Lotte Möller | Tankar om trädgården |
| V.S. Naipaul | Ankomstens gåta |
| Håkan Nesser | Flugan och evigheten |
| Håkan Nesser | Kim Novak badade aldrig i Genesarets sjö |
| Håkan Nesser | Koreografen |
| Mikael Niemi | Populärmusik från Vittula |
| Åsa Nilsonne | I det tysta |
| Åsa Nilsonne | Kyskhetsbältet |
| Åsa Nilsonne | Tunnare än blod |
| Johanna Nilsson | Flickan som uppfann livet |
| Johanna Nilsson | Rebell med frusna fötter |
| Arto Paasilinna | De hängda rävarnas skog |
| Arto Paasilinna | Kollektivt självmord |
| Anna-Karin Palm | Målarens döttrar |
| Raymond Paredes-Ahlgren | Hur många gånger kan man döda en man? |
| Julie Parsons | Friargåvan |
| Tony Parsons | Mannen och pojken |
| Dave Pelzer | Pojken som kallades Det |
| Kristian Petri | Den stulna novellen/Nattboken |
| Jayne Anne Phillips | Moderskärlek |
| Robin Pilcher | Med havet emellan |
| Rosamunde Pilcher | Midvinter |
| Rosamunde Pilcher | September |
| Rosamunde Pilcher | Snäcksamlarna |
| Per Planhammar | Tims bok |
| Agneta Pleijel | Lord Nevermore |
| E. Annie Proulx | Sjöfartsnytt |
| Björn Ranelid | Min son fäktas mot världen |
| Björn Ranelid | Till alla människor på jorden och i himlen |
| Björn Ranelid | Tusen kvinnor och en sorg |
| Ian Rankin | Den hängande trädgården |
| Ian Rankin | Svarta sinnen |
| Patrick Redmond | Händelser vid Kirkston Abbey |
| Patrick Redmond | Marionetter |
| Kathy Reichs | Dödligt beslut |
| Heleen van Royen | Den lyckliga hemmafrun |

| | |
|---|---|
| Carina Rydberg | Den högsta kasten |
| Nelly Sachs | Samlade dikter |
| Christina Schwarz | Fruset vatten |
| Bosse Schön | Där järnkorsen växer |
| Bosse Schön | Svenskarna som stred för Hitler |
| Anita Shreve | Där vågorna bryts |
| Anita Shreve | Pilotens hustru |
| Simon Singh | Kodboken |
| Linda Skugge | Det här är inte en bok |
| Zadie Smith | Vita tänder |
| Boris Starling | Messias |
| Kerstin Strandberg | Tio syskon i en ömtålig berättelse |
| William Sutcliffe | En tripp till Indien |
| William Sutcliffe | 6 x kärlek |
| Olov Svedelid | Mitt namn är Eduard Braun Hitler |
| Olov Svedelid | Strömkantring |
| Susanna Tamaro | Gå dit hjärtat leder dig |
| Kerstin Thorvall | Det mest förbjudna |
| Rose Tremain | Musik & tystnad |
| Göran Tunström | Berömda män som varit i Sunne |
| Linn Ullmann | Innan du somnar |
| Penny Vincenzi | Spetsnäsduken |
| Penny Vincenzi | Överraskningen |
| Jerker Virdborg | Landhöjning 2 centimeter per natt |
| Barbara Voors | Sömnlös |
| Karin Wahlberg | Sista jouren |
| Mary Willis Walker | ...och döda ligger ner |
| Kjell Westö | Vådan av att vara Skrake |
| Donna Woolfolk Cross | Påven Johanna |